岩波現代文庫／文芸 230

ドン・キホーテの末裔

清水義範

JN286545

岩波書店

目　次

第1章

とある新連載小説が気になった理由と、その小説の危っかしすぎる展開のこと

名は思い出してもらわなくてもいいが、私は小説を書くことを職業にしている者である。もっとも、小説だけ書いていては満足に食べていけないので、エッセイも書き、雑学の本も書くということになっているのだが、自分では、小説を書くのが私の根本の仕事だと思っている。

そして、小説を書く者である私は、その前にまず、小説を読む者である。そして、小説を崇拝する者である。

崇拝とはまた大袈裟な言葉を持ち出したものだと言われるかもしれないが、私の、小説というものに対する思いを表現するには、その語が最もふさわしいのだ。普通に、私は小説を愛好する、と言うのでは、私の、存在すること自体が奇跡であるようないくつかの優れた小説に対する尊敬の念が表現できないのだから。

もちろん、私が崇拝するのは文学史上に残るいくつかの名作群であって、すべての小説で

はない。小説の中には、これはただ数時間楽しめるだけだな、というようなものが無数にあるのだ。それどころか、これはなくてもよかった小説だな、と思うものも無数にある。

だが、そういう小説も含めてあらゆる小説があって、それを読む人々がいて、という現象の中から、崇拝に値するものが出現してくるのだ。その意味では、すべての小説に存在する価値があると思う。

私は小説を書いている。残念ながら私の書く小説は、奇跡的な高みに達しているほどのものではない。だが、すべての小説があるその中から、ほんのわずかの名作が出現できるのだから、そういう現象に参加できているという誇りと楽しみを感じることはできる。

まあ、私のことはどうでもいいのだが。

とにかく、私は一応小説家をやっている。そのせいで、いくつかの出版社から、小説雑誌や、PR誌が送られてくる。

正直なところ、そのように送ってもらった雑誌をそう熱心に読むわけではない。小説好きと言ったって、いちばん新しい雑誌に載っているほかの作家の新作のすべてを読んでいる暇はないのだ。現代の作家の小説は、大いに評判になっているとか、すごく売れたそうだというような、話題のものをかろうじて読むだけである。

そういうわけで、いろいろ送られてくる雑誌を私は、誰がどんなことをやっているかな、とペラペラめくって調べるだけで、すぐにゴミとして捨ててしまうのが常であった。もし、小説の神とか、雑誌の神というものがあるのなら、我を許したまえ、とお祈りをするしかないのだが。

ところが、いつもとは違って、その雑誌のその小説についてだけは、ふと興味がわいたのである。何気なく手に取ったある出版社のPR誌に、ある連載小説の第一回目が載っていたのだが、その題名と著者名を見た私は、これは読んでおくべきかもしれない、と思ったのだ。

その雑誌とは、つくま書房というややお堅い出版社のPR誌で、「つくま」というものである。定価百円で、年間購読料千円という、百ページに満たない小冊子だ。PR誌なのだから、つくま書房が出版した本への宣伝的書評とか、常連の執筆者のエッセイなどが目次の大半を占めるのだが、そんな中に連載コラムや、連載小説もあるのだった。

そういう「つくま」の一月号をペラペラとめくっていて、新連載小説、というものを見つけたのだ。

それは、西泉貴嗣《にしいずみたかし》という、私も少し知っている作家の『贋作者アベリャネーダ』という小説だった。

誌面作りが真面目で地味なその雑誌には、新連載小説を大いにアピールしようというリードコピーさえなくて、まして、さし絵があるわけでもなく、ただ、新連載であり、その第一回であることがつつましくうたってあるだけだ。

それなのに私がなぜその小説に興味を持ったかと言えば、作者の西泉貴嗣に対してある印象を持っていたのと、題名が気になったからである。

私は過去に一度だけその西泉という作家と対談をしたことがあり、それが終ったあと編集者の誘いで、バーへ行って酒を飲んだことがある。そして、ありていに言ってしまえば、いやな感じの男だな、と思ったのだ。もちろん大人なのだから、酒の席で喧嘩をしたわけではないのだが、ひとりよがりで、挑戦的にしゃべる人物だという印象を受け、どうも親しくつきあいたい男ではないなと思った。

それに、西泉の文学観が、私にはまるで同意できないようなものだったのだ。そのことはまたあとで丁寧に書くが。

そういう、私にいやな印象のある作家が、新しい小説を書いている。もちろん彼もそれを職業としているのだからいろいろ書くではあろうけれど、その題名に興味をひかれた。

『贋作者アベリャネーダ』とは、妙なところに目をつけたものだと思ったのだ。その名をきいて誰だかすぐにわかる人はそう多くはないだろうが、それは私もかねてから少し関心を持っていた歴史上の人物の名なのだ。

あの謎の人物の名を題名にかかげて、いったいどういう小説を書くのだろうと大いに気になったのである。

そこで、私はその小説を読んでみた。それは次のような、妙に危っかしい印象の小説であった。

贋作者アベリャネーダ　第一回

西泉貴嗣

1

ミゲル・デ・セルバンテス・サベードラはそこまで書いてきた小説をやむなく中断しなければならなかった。と言うのは、物語のもととなっている資料が、あるところでぷっつりと途切れていて、その先主人公をどう動かせばいいのかわからなくなったのである。

一六〇三年の夏のことであった。彼、セルバンテスがその夏に執筆していた小説の題名は、『才智あふるる郷士ドン・キホーテ・デ・ラ・マンチャ』というものである。

世界文学史に残るあの『ドン・キホーテ』を、スペインの作家セルバンテスが書いているところだった。その第一篇の第八章まで書き進んでいた。

それはこのような物語だ。

スペインのマンチャ県のさる村に住む五十歳ばかりになる田舎郷士のアロンソ・キハーノは、騎士道物語を読みすぎて作り話と現実の区別がつかなくなり、自分を名誉ある騎士だと思い込んでしまう。そして名も、ドン・キホーテ・デ・ラ・マンチャと改め、思いこがれる姫、ドゥルシネーアに武勲を認めてもらおうと遍歴の旅に出る。

痩せ馬ロシナンテに跨り、まずは一人で出発するが、旅人宿を城だと思い込み、宿の主人を城主だと思い込むというズレっぷりである。

ドン・キホーテの旅は、すべてがこの調子の思い違い、と言うか、常軌を逸した思い込みによる喜劇であり、悲劇でもある。

宿の主人を城主だと思い込んでいるドン・キホーテは自分を正式に騎士に叙してくれと頼む。ということは、自分がまだ正式の騎士ではないことを承知しているわけであり、こういうところが、どこまで正気なのかわからなくなる不思議さだ。

面倒になった宿の主人は適当な儀式をしてくれる。その儀式を邪魔する者がいて、大乱闘をおこしたりするのだが。しかし、とにかくこれで、ドン・キホーテは晴れて騎士になれたと喜ぶ。

宿の主人が、遍歴の騎士は金や、騎士に必要な日常の品々を持っておらねばならず、また、従士をつれていなければならないと忠告してくれたのをもっともだと思い、ドン・キホーテはひとまず村に帰ることにした。もちろんその帰り道でも、例によって思い込みによる珍騒動を二度もおこし、二度目にはボコボコに殴られて気を失ってしまう。

幸い、顔見知りの農夫が通りがかり、驢馬《ろば》に乗せて村へ運んでくれた。

家に帰ったドン・キホーテは寝床から起きあがれない状態で、しばらく体の打ち身の癒えるのを待つ。その間に、村の住職や床屋たちは、彼の頭をおかしくしてしまった本を焼いてしまおう、という挙に出る。ここは、当時広く読まれていた騎士道物語のリストアップであり、それらへの批評になっている。そしてセルバンテスはそういう書物の中にさりげなく自分の処女作をまぎれ込ませている。

「あの男の本にはなんとなくいい着想がある、何かしら思いつくんだが、そのくせ何ひとつ完結しない。（中略）おそらく今度は面目を一新して、今のところ彼に背を向けている世間の好意をかちうることになりますよ」

と住職に言わせるのだから人を喰った話である。

さて、体の痛みも消えたドン・キホーテは金をかき集め、近所の正直者だがちょっと脳味噌の足りないサンチョ・パンサに従士になれとくどく。どこぞの島を手に入れて、そこの大守にお前を取り立てよう、と言われたサンチョ・パンサは従士になることを承知し、驢馬に乗って旅に同行することを約束した。

そうしてある夜、彼ら二人は誰にも見とがめられることなく出立したのだが、これがドン・キホーテの第二の遍歴の旅である。

そして、その旅の最初の冒険は、ドン・キホーテのしたことの中でおそらく最も有名であろうという、風車との戦いである。

ここは少し簡略化しつつも原文を引用したいところだが、出典は『筑摩世界文学大系15 セルバンテス』に収められた「ドン・キホーテ(前篇・後篇)」(会田由訳)である。

「サンチョ・パンサよ、かなたを見るがよい。あそこに三十かそこらの不埒《ふらち》なる巨人どもが姿を現わしているではないか」

「どんな巨人だね」と、サンチョ・パンサが聞く。

「それ、あそこに見える奴どもじゃ」と、主人が答えた。

「あそこに見えるのは、あれは巨人ではございませんぞ、ただの風車で、あいつらの腕と見えるのは翼で、これが風に廻されて、石臼《いしうす》を動かしているんでさあ」

「ははあなるほど」とドン・キホーテが答えた。「おぬしはこうした冒険沙汰には不案内と見えるな。あれは巨人じゃ。もし恐ろしければ、ここから離れて、わしが彼らを向うにまわして、これから始める烈しい、類を絶した戦いのあいだ、お祈りでも唱えているがよい」

と言うといきなり風車に突進していくのだから手がつけられない。そして風車の翼に槍をくだかれ、馬もろともはね飛ばされる。

そしてその翌日は、坊さんたちの一行に出会うのだが、それをたちまち悪漢どもが貴婦人をかどわかしているところだと思い込むのだ。あっという間に坊さんの一人に襲いかかって気絶させ、もう一人は命からがら逃げる。

すると、馬車に従っていたビスカヤという田舎出身の屈強の男が、訛りまるだしでドン・キホーテに挑みかかり、二人は剣を抜いて対峙する。今度ばかりは双方剣を振りかざしての命がけの対決であった。その場にいあわせた者どもは、死ぬのはどちらかとかたずをのんで見守った。

ところが、そこでいきなりこの物語の第一篇は終ってしまうのである。この物語の作者は、これ以上はドン・キホーテの武勲の記録を発見できなかったということで、ここで物語は中断している、とセルバンテスは書く。つまり、セルバンテスはこの物語の作者ではないということなのだ。

2

この時のセルバンテスは五十六歳である。一五四七年にマドリードに近いアルカラ・デ・エナーレスで貧乏な外科医の息子として生まれた男だった。幼少時代のことはあまりわかっていないが、劇作に興味を持ったり、詩を作ったりしたらしい。二十二歳の時に兵士としてイタリアに渡り、一五七一年のレパントの海戦に参加し、その時の傷がもとで左手がきかなくなるが、彼はそれを名誉の負傷だと思っていた。

二十八歳の時に、スペインに帰ろうと船に乗るが、海賊船に襲われ、それから五年間をアルジェリアで奴隷として過ごす。その間に少なくとも四回以上も脱走を試みて、むしろ尊敬される。

奴隷から解放されてから、スペインに帰って劇作をするがあまり高くは評価されなかった。あきらめたセルバンテスは小役人の仕事につくが、それも無事には務められない。いつもなんだかんだとトラブルをおこし、また面倒に巻き込まれたりして、教会から破門されたり、罰金刑をくらったり、投獄されたりしたのだ。

一六〇二年にもセビーリャで入獄しているが、この時に、『ドン・キホーテ』の想を得たのではないか、と言われている。そしてそこを出所してから書き始め、一六〇四年の九月に『ドン・キホーテ』の出版許可を役所から取りつける。かくして、一六〇五年の一月に『ドン・キホーテ』は出版されるのだ。

ところで、実は『ドン・キホーテ』はセルバンテスが空想によって無から生み出した物語ではないのだが、それを言う人があまりいないのはどうしてであろうか。

原作をちゃんと読んでみれば、たとえば序言のところにも、「しかし予は、一見父親に見えても、じつは『ドン・キホーテ』の継父なのだから」と書いてある。

つまり、『ドン・キホーテ』のもとになった物語を書いた人物は別にいて、セルバンテスはそれをもとにして、整理してわかりやすく読者に紹介しただけなのだ。

すなわち、一六〇二年にセビーリャで入獄した時に、あの物語の想を得たのではなく、物語のもとになった原典を発見したのだろう。

それは想像するに、印刷されたものではなく、本の形にもなっていなかったと思われる。誰かが、何か外国語から試しにスペイン語(カタルーニャ語)に翻訳した、何十枚もの紙片だったに違いないのだ。

それを読んでセルバンテスは、この素晴しい話をちゃんとまとめて世に広めよう、と決心したのだ。

だから、剣を抜いて対決する物語のひとつのクライマックスで、突然ストップ・モーションがかかったように話が終ってしまう。そこまでしかセルバンテスは原典を持っていなかったのだ。

細長い顔で額が広く、目がキョロリとして口髭と顎鬚をたくわえたひきしまった体つきのセルバンテスは、折角第八章まで書き進めてきた物語がこんな面白い場面でふいに終ってしまうことを大いに残念がったであろう。ここで中断では世に発表するわけにもいかないのだから。

そこで、この続きはないものかと八方手をつくして探してみるのだが、求めるものは容易に見つからなかった。

それも無理はないのである。そもそもセルバンテスが獄中で偶然手に入れたのが、何者かの手になって、おそらくスペイン語ではないどこぞの外国語で書かれた覚え書きのようなものの、試しに誰かが訳しかけたものを綴った紙片数十枚、というものなのだ。

誰が何語で書いたものかさえ定かではないのである。いつどこで書かれたのかもわからない。そういうものが、途中までしかないのが残念だからと言って、続きを手に入れることとは至難の業である。

こんなに面白い物語であり、こんなに興味深い人物のことを、誰も記録に残さないはずはないのだから、どこかに欠けるところのない原典があるに違いない、とは思うものの、さて、どこをどうやって探せばいいのだとなると、セルバンテスはなすすべもなく立ちつくしてしまうのだった。

ところが、ここに奇跡がおこる。物語自体がセルバンテスによって語り直してもらいたいと願っていたかのように、まったくの偶然から、彼は『ドン・キホーテ』のもとの物語を発見したのだ。

それはこういういきさつであった。

ある日、セルバンテスはトレードのアルカナー市場の中を、これという目的もなく気ままにぶらついていた。すると、一人の少年が数冊の雑記帳と反古《ほご》を絹商人に売りに来たのだ。

たまたまそこに通りがかったセルバンテスは、文字の書かれたものなら道に落ちている書きつけでさえつい読んでしまうという好奇心の持ち主だったため、その雑記帳の一冊を手に取って見てみた。すると、アラビア文字が書かれているのだが、セルバンテスはアラビア語は読めなかった。

そこで、アラビア語が読めて、スペイン語にも通じた人間はいないかと捜すと、たまたまそういうモーロ人がいたので、雑記帳を読んでもらう。

するとそのモーロ人は、ここに、ドゥルシネーアという女性のことが書いてある、と言ったのだ。

その女性は、ドン・キホーテの思い姫である。なんという偶然であろうか、その雑記帳に書かれているのは、ドン・キホーテの記録なのだ。それは思いがけなくも、アラビア語で書かれていたのである。

3

セルバンテスはモーロ人に、その雑記帳にはどういうことが書かれているのか、と尋ねた。するとモーロ人は、この雑記帳の初めの部分には、こう書いてあると翻訳してくれた。

すなわち、
『アラビアの史家シーデ・アメーテ・ベネンヘーリによりて記されたる、ドン・キホーテ・デ・ラ・マンチャの物語』と書いてあると。

その、シーデ・アメーテ・ベネンヘーリこそが、『ドン・キホーテ』の真の作者なのである。セルバンテスはそれをスペイン人に紹介した人間にすぎない。

セルバンテスは思いがけなくも捜し求めていた記録を手に入れたのが嬉しくて、絹商人から引ったたくるようにして雑記帳を奪い取り、それを売りに来た少年から、半レアルの金でそっくり買い取る。

そして例のモーロ人に、この記録をすべて、省いたりつけ加えたりしないで、まるごとカスティーリャ語に翻訳してくれ、と頼んだ。お礼は望み通りに出すから、と。

モーロ人は、二アルローバの干ぶどうと、二ファネーガの小麦で満足して、翻訳を引き受けた。セルバンテスはその男を自分の家につれて来て、大急ぎで訳せとせっつく。男はひと月半とちょっとで、以下ここにある通りの物語を翻訳してくれた。

と書いて、セルバンテスは中断されていた物語を再開する。

ビスカヤ人と、ドン・キホーテは剣を振りかざして対峙していたが、先にビスカヤ人が剣を振り下ろし、ドン・キホーテは兜を割られ、耳を半分切り落とされる。でも少しもひるまず、今度はドン・キホーテが一撃を加えると、防具ものの役に立たず、相手は顔中血だらけになり、しかも乗っていた騾馬が走りだしたので落馬する。

ドン・キホーテも馬からおりて相手にとどめを刺そうとしたが、そこで馬車から婦人たちが下りて、どうか命だけは助けてくれと命乞いをしたので、ならばゆるそう、ということになる。

という具合に、中断していた物語は再開し、そこから何事もなかったかのようにつながっていくのだ。

そもそもこの物語というか、記録と言うべきか迷うが、それを最初に書いたアラビア人のシーデ・アメーテ・ベネンヘーリとはどのような人物なのかについては、何ひとつわからないままなのである。

ただセルバンテスは地の文で、アラビア人というのはみんな大嘘つきだから、この物語の変なところは、すべてその原作者のせいである、なんてことを言う。

それでいて、以後の物語の中では特に、シーデ・アメーテ・ベネンヘーリに触れるわけでもなく、自分の創作した話であるかのように自由自在に書いていく。ただ、時々思い出したかのように、「ここで作者のシーデ・アメーテ・ベネンヘーリはこのように書いているのだが」などという表現が出て来はする。

作者が二人いるという奇妙な成りゆきのため、この物語はどうしても複雑で、一見不可解な構造にならざるを得ない。

たとえばある部分では、

「シーデ・アメーテ・ベネンヘーリははなはだ細心な、あらゆる事柄についてじつに正確な歴史家であったが、これは大いに注意に価することである」という記述が出てくる。しかし、この歴史家は事実を詳細に正確に書くからよい、と言っているこの文章は、シーデ・アメーテ・ベネンヘーリが書いたものだとは思えない。こう書いているのは明らかにセルバンテスである。セルバンテスはどうして、シーデ・アメーテ・ベネンヘーリが優れた歴史家だと知っているのであろうか。

また、次のような不思議もある。

最初に、雑記帳を手に入れて、それは誰が書いたものなのかを知る部分では、アラビア人の歴史家シーデ・アメーテ・ベネンヘーリだと書いてあるだけなのだが、第二十二章では、アラビア人でラ・マンチャ生まれの作者、シーデ・アメーテ・ベネンヘーリとあるのだ。

その原作者がラ・マンチャ生まれだということを、セルバンテスはどうやって知ったのであろう。

それどころか、もっと変なことがある。この物語の後篇では、ドン・キホーテとサンチョ・パンサの二人は、ある種の有名人なのである。なぜなら、『才智あふるる郷士ドン・キホーテ・デ・ラ・マンチャ』という本が世に刊行されていて、みんなそれを読んでいるからだ。

そしてその本の作者を、シーデ・ハメーテ・ベネンヘーリだとセルバンテスは書いている。なぜか後篇になると、シーデ・アメーテがシーデ・ハメーテになってしまうのだ。理由はさっぱりわからない。そのベネンヘーリのことを、ドン・キホーテとサンチョ・パンサは噂するのだ。

「物語の作者はシーデ・ハメーテ・ベレンヘーナってことだがね」

「それはモーロ人の名前じゃな」

「ちがいねえ」と、サンチョが答えた。「何でもわしゃ、どこへ行っても、モーロ人はなすび《ベレンヘーナ》が大好物だってことを聞いてますだからね」

ここで、ベネンヘーリがベレンヘーナになっているわけは、サンチョがスペイン語のなすび《ベレンヘーナ》と間違えているからである。

でも、ここから後、ベネンヘーリはモーロ人だということになるのである。今までアラビア人だと言っていたのはどうなってしまったのだろう。

モーロ人とは、英語でいうムーア人と同じもので、スペインに住むアフリカ系のイスラム教徒のことである。それならば、ラ・マンチャ生まれであってもおかしくはない。

初めのほうで言っていたアラビア人というのは、地名としてのアラビアの人という意味ではなく、アラビア語を話すイスラム教徒、という意味なのかもしれない。だとすれば、そのアラビア人はスペイン在住のモーロ人、という言い方は成立する。

しかし、わからないのは、どうしてセルバンテスにそういうことがだんだんわかってくるのかという、その理由である。

この物語の原作者のことは謎に包まれている。

4

ところで、『ドン・キホーテ』には作者が二人いることを、ややこしい話だと思っているのでは、少々うかつである。

『ドン・キホーテ』にはもう一人、第三の作者がいるのだから。

話を少し戻そう。セルバンテスが、ドン・キホーテの物語の続きを求めて、あちこち捜し歩いているうちに、トレードのアルカナー市場へ来た場面である。そこで一人の少年が数冊の雑記帳を絹商人に売ろうとしていて、セルバンテスはその雑記帳に興味を持つ。ここに書いてあるのはアラビア語だが、誰かアラビア語の読める者はいないか、と思っていると、たまたま通りかかったモーロ人が読んでくれて、それこそが求めていたドン・キホーテの記録だとわかる。

セルバンテスは大喜びで少年からその雑記帳を買い、モーロ人にこれを翻訳してくれないかと交渉する。

ところがまさにそういう時、絹商人の店から少し離れた古本を扱う店の、高く積み上げた本の山の陰から、興奮しているセルバンテスの姿をこっそりと観察していた男がいたのである。

その男はセルバンテスよりは十歳ばかり若かった。本の山の陰から、自分の姿は見つからないように注意を払い、セルバンテスの言うことは一言もききもらすまいと耳を攲《そばだ》てていた。

そしてついに、こんな言葉をポツリともらしたのである。

「あの身の程知らずの大法螺吹きのセルバンテスが、遍歴の騎士の冒険の記録を手に入れたのだと。いやはや埒もない。あの嘘つきがその記録をもとに、どんな出鱈目を書き並べることになるのやら」

そうつぶやいた男の本名と、素性をここで明らかにすることができないのははなはだ残念なことである。よんどころない理由があって、この男の正体は今ではなく、もっとずっと後になってから明らかにしたいのである。

ただ、これだけは知っておいてもらってもいいだろう。この男は、かつて公の席でセルバンテスに言い負かされ、手ひどく恥をかかされたことがあるのだった。

ある高名な小説家、いやその小説家を匿名にする必要はないわけか、それはローペ・デ・ベガという、当時スペインで飛ぶ鳥を落とす勢いの人気作家であり、生涯に千四百篇以上もの戯曲を書いた怪人である。

そのローペ・デ・ベガのことを、今ここにいる本の山の陰の男は、尊敬し、愛好し、多少は顔見知りでもあったのであり、何かというと、我が師ローペ・デ・ベガの偉大さは、などと大作家の功を自分の手柄のように自慢して語るところがあったのだ。

ところが、あるやんごとない席で、例によってこの男がそんな自慢をしていると、たまたま同席したセルバンテスが、あんな作家のどこが偉大なものかと、まっこうから反論してきたのである。

　そしてセルバンテスは、ロ－ペ・デ・ベガの通俗性と底の浅さを徹底的にあばき出し、あんな作家の書く物が面白く読めるのは低脳の無教養人間であるということを、まことに理にかなった弁論でまくしたてた。尊敬する作家の悪口を言われてムキになって反論を試みても、それはすべてセルバンテスに論破されてしまう。

　それどころかセルバンテスは、

「あなたの言葉の訛りからするとどうもアラゴンの人らしいが、あんな田舎ではローペ・デ・ベガなんぞが大作家だという気がしているのでしょうなあ。なんともお粗末なりゆきではござらんか」

などと、男の出身地アラゴンを笑い物にするのだった。

　そういうことがあって以来、この男はセルバンテスを憎むことはなはだしく、いつかは大恥をかかせるか、こっぴどく痛めつけてやりたいと考えていたのだが、偶然のことから、セルバンテスが『ドン・キホーテ』の原作を手に入れるところを目撃したというわけであった。

　そこでこの、セルバンテスに恨みを抱く男は、物陰から耳をすまし、セルバンテスが手に入れたものを翻訳してもらうよう頼むところまでの、すべてを知ったのである。

　そしてこの男は、セルバンテスに翻訳を頼まれたモーロ人に秘密のうちに近づき、次のようなことを言った。

「お前があのセルバンテスから頼まれて、アラビア語からカスティーリャ語に翻訳したものを、私にも見せてくれないか。その写しをとって、それを私にこっそり売ってくれたら十レアル払おう」

そういう次第で、『ドン・キホーテ』の原作は、早い段階でこのセルバンテスに侮辱された男の手にも入っていたのである。

それにしても、この男に名前がないのはどうにも不都合で、話がわかりにくくなるばかりだ。

この男の本名はまだ明かすことができないのだが、後にこの男が、セルバンテスにまっこうから挑みかかる小説を書いた時の、その筆名を明らかにしておこう。

この男こそ、『ドン・キホーテ』の続篇を書くことになる、アロンソ・フェルナンデス・デ・アベリャネーダであった。

すなわち、贋作者アベリャネーダである。

（つづく）

というのが、西泉貴嗣の『贋作者アベリャネーダ』という小説の第一回目の分である。

読んでみた私は、なぜこの作者はあえてこんなわかりにくい書き方をするのだろうと首をひねってしまった。

もともとの目のつけどころは悪くないと思うのである。よく知られていることだから、私がこの西泉よりも、すっきりとわかる簡単な説明をしてみよう。

セルバンテスは、『才智あふるる郷士ドン・キホーテ・デ・ラ・マンチャ』という小説を一六〇五年に刊行した。その本は大評判となり、大いに売れて人々に広く読まれた。

そしてセルバンテスはその小説の続篇も刊行しようと、精力的に執筆していたのだが、もうじき完成するという一六一四年に、贋の続篇が先に出てしまうのである。

それが、アベリャネーダの『続・ドン・キホーテ』である。

セルバンテスはその贋作を手に入れて読み、怒り狂う。そしてなんと、小説の中のドン・キホーテもその贋作を手に入れて読み、「拙者は断じてこのような男ではない」などと言うのである。

一六一五年に刊行された、セルバンテス作の本当の『ドン・キホーテ・続篇』で、ドン・キホーテはそれまでサラゴーサへ行こうとしていたのだが、贋ドン・キホーテがサラゴーサへ行ったと知ると、「拙者はサラゴーサへは行かん。バルセローナへ行く」と言いだす。

つまり、本物の続篇の筋を少し変えてしまったほどの、贋の続篇があるのだ。

その贋作の作者ということになっているアベリャネーダについては、今に至るまで正体がわかっていない。本名も職業も身分も不明なのだ。

そういう贋作者アベリャネーダに、物語のメスを入れようとする西泉の意図は決してわからなくはない。面白いところに目をつけたものだと感心するぐらいである。

しかし、わからないのは、この小説の中で西泉が、『ドン・キホーテ』の原作者はセルバンテスではない、としていることである。もともとは、シーデ・アメーテ・ベネンヘーリというアラビア人だかモーロ人だかの歴史家がアラビア語で書いた記録であり、セルバンテスはそれを手に入れ、翻訳してもらい、それをもとに人々に紹介しているだけなのだと。

確かに、『ドン・キホーテ』の中にはそう書いてあるのだ。第八章で突然話が中断し、第九章でセルバンテスが、話の続きを見つけるくだりは、まさにこの通り物語中にある。

しかし、それはセルバンテスの技巧と言うか、ちょっとしたお遊びに決まっているではないか。私が空想して生み出した物語だと言うより、このような記録を見つけて、皆さんに紹介しているのである、ということにしたほうが重々しくていいや、ぐらいのお手軽なアイデアであろう。おそらくセルバンテスは小説を第八章まで書いてから、ふと思いついてそういう仕掛けを取り入れたのだと思う。

序に、余はこの小説の父ではなく、継父だということが書いてはあるが、この序は本篇ができてから最後に書いたに違いなく、セルバンテスが最初からこの仕掛けを考えていた証拠にはならない。

なのに西泉は、セルバンテスの仕掛けを、そのまま真に受けることにして、シーデ・アメーテ・ベネンヘーリを実在することにしている。そこで、一つの小説に作者が三人もいるという、面倒なことこの上ないことになっているのだ。

いや、作者は四人になるかもしれない。なぜなら、贋作者アベリャネーダは、贋の続篇を書くにあたって、セルバンテスと同じ仕掛けを用いて、これは賢者アリソランがアラビア語で書いているものを翻訳して、私が皆さんに紹介するのである、としているのだ。

どうして西泉は、小説中の技巧を真に受けて、一つの小説に作者が何人もいるというわずらわしいことにしているのだろう。すっきりと、贋作者アベリャネーダの正体にだけ迫ればいいと思うのだが。

西泉はまだ全体の構想が固まらないうちに、見切り発車で書き始めてしまったのではないだろうか。私にはそんな気がしてならないのである。

それどころか、西泉はこれを書きながら、実はまだ『ドン・キホーテ』のすべてを読んでいないんじゃないか、という疑いすら抱いてしまう。

それは私が、西泉貴嗣のかなりいい加減な小説観を知っているからこその疑いなのだが。

たとえばこの小説の、2の部分では、『ドン・キホーテ』の元になったものは、何か外国語からスペイン語(カタルーニャ語)に訳されたものだとしている。

ところが、3の部分では、このアラビア語の記録をカスティーリャ語に翻訳してくれ、となっている。

これは、本当はカスティーリャ語が正しい。西泉はそれを最初、カタルーニャ語と誤っているのだ。

原典をよく読んでいればやるはずもない間違いである。

この小説、本当にちゃんと書き継いでいけるのだろうか、と私は思った。

『ドン・キホーテ』の作者を三人も四人も出してしまって、あの男にちゃんと話をまとめることができるのだろうか。こんなに面白くて、文学的意味も重い小説が、はたして西泉貴嗣の手におえるのだろうか。

第2章

この章では、くだんの小説家の傲慢な小説観と、
その小説がどのように展開していったかが語られる

西泉貴嗣《にしいずみたかし》は私とほぼ同世代の作家であり、デビューしたのも私と大差ない十五年ばかり前のことだ。ということは、当初私は彼のことをあまりよくは知らなかったことになる。

なぜなら、自分がようやく作家としてなんとか世に出られたその時に、同じような新人作家のことなど気にしている余裕もないからである。自分が何をどう書くか、そして世にどう受け入れられているかにばかり注意が行っていて、他人にまで目が向いていなかった。

四、五年して、ようやく、なんとか作家としてやっていけそうだと思えるようになってみてあらためて、小説雑誌の目次に彼の名があるのを見て、そういえばこの人の名をちょいちょい見かけるな、と思ったのだった。

まさにそんな時に、ある小説雑誌から、注目の新進作家による対談ということで、西泉と話してくれないかという話が持ちかけられたのだ。断る理由もない企画だと私は思った。

そこで、彼の近刊の小説を二冊読んで、私はその対談に臨んだ。その二冊を読んだ感想を

正直に言うなら、それほどでもない題材で、もったいぶった書き方をする人だな、というものだった。私とはかなり作風の違う作家である。私小説風に話を始めておいて、いつの間にか奇怪な幻想世界が繰り広げられるような、新感覚の奇想小説家かと、二冊読んだだけで決めつけてはいけないが、私は受け止めた。

もちろん、私とはまるで作風の違う作家がいることには何の文句もないわけで、これはこれで愛読する人もいるだろう、と思った。ただ、時に言葉が上すべりして、ハッタリめいた書き方になっているところがあるのを見て、あまり気の合う人ではないかもしれないと予想したのだ。

はたして、その対談はあまり面白いものにはならなかった。初対面のぎこちなさもあったし、彼と私の文学観がまるで違っていて、話がかみ合わなかったのである。ことに、対談の終盤に、小説の持つ力、という方向に話が進んでいくと、西泉はかなりユニークな、ということはあまり賛同する人もいないだろうと思われる、へんてこな説をムキになって展開したのであった。私としては、まともに相手になっていられないような気持になってしまっていて、それではいい対談になるはずもなかった。

その対談の一部分を、くだんの小説雑誌から引用してみる。

私　ということは西泉さんは、小説家にモラルなんていらないんだ、と考えているわけですね。

西泉　もちろんそうです。だって、たとえどんな生き方をしようが、その生き方がそのままモラルだというのが小説家ですから。

私　つまり、小説家は何をやってもいいわけですね。なぜかというと、小説家は小説を創造するという文化の生産者であって、そういう価値あるものを生産する者に活動の制限があってはいけないからだと。だから、何をしても許されるべきが小説家なんだ。

西泉　そうでなきゃいかんと思うんですよ。それでもちろん、そのことはその小説家の人気やなんかには関係ないですよ。すべての小説家が特権を与えられてなきゃいけない。

私　どうも私にはついていけない考え方ですね。私など、自分がそんなに価値ある仕事をしているとは思えないんですが。

西泉　しているんだけどなあ。だって、無から、物語という内にエネルギーを持ったものを生産しているんですよ。それって永久機関みたいにすごいことなんです。(笑)

私　じゃあこう聞きましょう。小説家は何をしても許されると西泉さんはおっしゃるんだけども、たとえば、その小説家が盗作をすることも許されるんですか。

西泉　もちろんです。既にあった素材をつぎはぎして作品を生み出すのもそれはまた創作なんですから。

私　つぎはぎもしないで、無名の他人の作品を盗んで、自分の名で発表してしまうというような悪質な場合もありますよ。

西泉　それでもいいんです。その作品に自分の名を冠したというのが、その人の創造じゃないですか。

私　そこまで行きますか。

西泉　行きますよ。小説家に対してはどんな制限もあってはいけないんです。なぜなら小説家とは、現実を創造できるというクリエイターなんですから。

私　小説家が創造するのは虚構でしょう。

西泉　それは世間が言うことであって、小説家自身が言っちゃいけない言葉ですよ。小説家はね、現実を造るんです。つまり、小説家の書いたことは現実となるんです。

私　それは、しばしば小説家は現実におこることを予言する、という意味ですか。

西泉　そんなことじゃないですよ。自分で書いててわかってないんですか。私たちが何かを書くというのは、そういう現実を生むってことですよ。書いたことはすべて実現するんです。

私　わけわかんなくなってきちゃった。書くと現実になるんですか。つまり、シェイクスピアが『ハムレット』を書いたことによって、ハムレットが現実になると。

西泉　まさしくそういうことですよ。シェイクスピアがあれを書いたからこそ、義父に復讐する青年が生まれたんです。だからこう言ってもいいですよ。すべての人間の生命活動というのは、古代からの物語作者がそれらを書いてきたからこそ、あるようになったんです。

＊　＊　＊

誌面で見るとそういう対談になってしまうわけだが、実際にはそんなふうに話がスムーズに進んだわけではなかった。雑誌に活字で再現されている対談というものは、すべて、多かれ少なかれ、実際に交わされた会話をわかりやすく整理したもので、本当にしゃべった通りではないのである。まず編集者が、長々と続いた話を切ってつないで対談原稿にし、そのゲラに、話者が手を入れ、記憶もれを補ったりして体裁をつくろうのだ。たとえば、実際の談話では次のような発言であったとする。

「それって、えーとあの、ナントカという近頃話題のドラマみたいじゃないですか。ほらあの、やけに評判になっているテレビドラマの、何だったかな」

それが雑誌に載る時にはこうなっている。「それじゃあ、近頃話題のテレビドラマの『華麗なる賭け』と同じじゃないですか(笑)」

つまり、あとで調べて手を入れているのだ。記憶もれを補うばかりではなく、会話中ではつい説明不足のわかりにくい表現になっていたものを、すっきりとわかりやすい発言に直したりする。対談とはそのように作られているもので、この時の私と西泉との対談も、こんなふうにスムーズに流れたのではなかった。

「小説家ってのはね、制限なんか受けないんです。受けちゃいけないんです。なぜなら、小説家は現実を創造するんですよ。小説家が書いたことこそ、現実になるんです」

「現実になるってどういうことですか。そのまんま、書いたことが本当におこるという意味ですか」

「そうですよ。小説家が書くことによって、そういう現実が生まれるじゃないですか」

「どうもそこがよくわからないんだけど」

「それがわかってない小説家が、残念ながらいるらしいんだけど」

と言って西泉は私をバカにしたような顔で見た。この時、嫌味な野郎だな、と思ったことと、こいつはむちゃくちゃを口走っているだけのハッタリ男だな、と感じたことを正直に告白しておこう。

しかし、対談の席ではそんなこと言えるものではない。

「ということはつまり、えーと、たとえばシェイクスピアが『ハムレット』を書いたからこそ、本当にハムレットが出現する、みたいなことですか」

「まさしくそういうことですよ。シェイクスピアがあれを書いたことによって、その後、義父に復讐するハムレット的青年が存在できるようになったんです」

「つまり、作家は予言をしているんですか」

「予言じゃなくて、クリエイトですよ。ご自分も小説を書いているんだから、そのことはよく知っているはずだと思うんだがなあ」

「ぼくにはどうもよくわからない話ですよ」

二人の間には気まずい空気が流れたのであった。

それにしても、西泉の言っていることは変である。小説家とは、人間の真実を抽出して紙にペンで固定する者であるとか、小説はしばしば現実を予言する(模倣するのではなく)、というぐらいならば、わからなくもない考え方だと思える。ところが西泉は、小説家が書くことによって、そういう現実が出現すると言っているのだ。つまり、人間が今このようにあるのは、小説家がそう書いたからなのだというわけだ。どう考えても賛同のできるはずもない、ひっくり返った考え方である。

そしてまたその考え方には、小説家であることへのあきれ返るほどの傲慢さが見え隠れしている。おれたちが書くことのほうが現実より上位であり、おれたちが書くからこそ現実はかくあるのだ、というような思い上がりである。

西泉はおそらく、自分が書く小説の値打ちを思いきり高く持ちあげて、おれは書くからこそ偉大なのだとでも言いたいのだろう。天才であるおれの書くものはあらゆる現実よりも価値が上だ、などと思いたいのだ。

しかし、それは世間一般に受け入れられるはずもない考え方であり、同業者である私から見ても、この人は本気でそんなことを言っているのか、とあきれるような暴言である。あまり真面目に相手にならないほうがいいな、と判断し、それが結局その対談での私の態度になったのだった。

しかし、その日の西泉は最後までその珍説を曲げようとはせず、対談の終了後、バーに席を移してもう記録されることのない話をしている時にも、同じようなことをくどくどと、まるで私に挑戦状を突きつけるかのように繰り返したのだった。

「たとえば『ドン・キホーテ』だよ。あれが人間界に、ドン・キホーテ的人格というものを生み出したってことには異論ないでしょうが。あの人間性は、セルバンテスが無から造形したんです」

酔って少しろれつのまわらない舌で、西泉はそんなことを言った。

「なるほど、『ドン・キホーテ』ですか、確かにあれは、小説がある人間像を無から創造したかのように見える例ですね」

もちろん異存もあるのだが、とりあえず私はそう言った。

「そうなんだ。セルバンテスによって、あのような人間が生み出され、現実に存在するようになった。だけど、それで終りじゃないんだよ。たとえば私が次の『ドン・キホーテ』を書けば、あのドン・キホーテは死んで、新しい別のドン・キホーテが生まれるんだ。わかるかな、小説を書くというのはそこまでの現象なんだよ」

「別のドン・キホーテですって。あなたはドン・キホーテを変えてみせると言うんですか」

「もちろんそうさ。私が『ドン・キホーテ』を書いた時、新しいドン・キホーテが出現してこれまでのすべてを消してしまうんだ」

これ以上相手になっていられないな、というのがその時の私の感想だった。つまり、この人はちょっとおかしい、と判定したのだ。

ところがその西泉が、ドン・キホーテにまつわる小説をいよいよ書き始めている。それで、私もつい興味をひかれてしまうのだ。

一カ月後に、「つくま」の二月号に載った西泉貴嗣の『贋作者アベリャネーダ』の第二回は、次のようなものであった。その物語はますます複雑で、わけのわからないものになりつつあった。

贋作者アベリャネーダ　第二回

西泉貴嗣

5

名前のことはどうでもよいと考えてみよう。私が始めたこの物語の主人公には、これが正真正銘の本名なり、という名前がないのだが、そこにこだわることはないのだ。

我が主人公は、セルバンテスと同時代のスペインに生きる、セルバンテスより十歳ばかり若い、ドミニコ会に属する修道士である。スペインの大作家ローペ・デ・ベガを敬愛しており、その人に多少の知己を得ていることを誇りに思っている男だ。ところが、セルバンテスにローペ・デ・ベガのことを悪く言われ、大きな恨みを抱いている。自分の出身地アラゴンのことを田舎だとからかわれたことを根に持ち、いつかセルバンテスに一泡ふかせてやろうと機会をうかがっている男である。

それだけわかっていれば、本名などどうでもいい。我々としては、この男が後に使用する筆名でこの人物を認識していればいいのだ。

すなわち、アロンソ・フェルナンデス・デ・アベリャネーダと。

アベリャネーダは、セルバンテスが手に入れたのと同じもの、すなわちもともとはアラビア語で書かれていたドン・キホーテの冒険の記録をカスティーリャ語に翻訳したものを手に入れ、時を待った。これをもとにセルバンテスがどんな物語を構成するのかを、まずは拝見しようという気持だったのである。

そしてもちろん、その物語をセルバンテスが世に発表したら、一から十まで思いきり悪口を並べたててやろうと手ぐすねを引く気分でいた。かの男がローペ・デ・ベガをけなしたのと同様に、あ奴の小説をこてんぱんに叩きのめしてやるのだ、とどす黒い思いを抱いて時を待ったのだ。

セルバンテスがその小説を発表した時に、声高らかに批判してやろう、という心づもりなのである。アベリャネーダにはそれができるのだ。

「ミゲル・デ・セルバンテス・サベードラ氏が最近刊行した『ドン・キホーテ・デ・ラ・マンチャ』という小説は、仮にも小説家たる者がここまで不出来な、不十分な、不満足なものを書いていいものだろうかと嘆かわしくなるような、低俗な失敗作である。愚の骨頂であり、目も当てられない駄作である。

私には、あの小説をそのように批評する権限があるのだ。なぜならば、あの小説の中にもその旨言及があるのだが、あれには元になっているアラビア語で書かれた原典があるのであり、私はそれと同じものを持っているのである。

その原典と読みくらべてみれば、セルバンテス氏が無惨なまでの改悪をしてしまっているのが一目瞭然なのである。元のものの高貴な味わいを消し去って話を愚劣にねじ曲げており、意味深い宗教的エピソードを省略して、乱暴な暴力沙汰をこさえあげ、ひたすらバカげた騒動へと物語を導いているのだ。意義深い原典から、よくぞこのような愚俗な話をつむぎ出したものよと、あきれるほどである。

私が原典を持っていたことの幸いを神に感謝するばかりである。もし私がそういうものを持っていなければ、ずる賢いセルバンテス氏はその原典を誰の目にも触れさせないであろうから、誰にも彼の出鱈目の仕事を難じることができなかったであろう。それどころか多くの人はあの物語をセルバンテス氏の創作だと思い込み、よくぞ無からこれを生み出したものだと賞賛さえするかもしれない。

だが、神はそのような不正を許さず、私にも原典をお示しになったのだ。そして、それを読んでいる私だからこそ、このように言うことが可能である。

セルバンテス氏の『ドン・キホーテ』はあきれ返った愚作である、と。」

アベリャネーダは、そういう評論を発表してやろうとうずうずしていたのである。それによってようやく、以前痛めつけられたことへの仕返しができるのだ。

私も、あの物語の元になった原典を持っている、というのが評論の正当性を裏打ちしてくれるはずである。そういうものを持っていて、きっちりと対比させた上での評論ならばそれが正しいだろう、と世間はみなすに違いない。そのようにして、セルバンテスに大恥をかかすことができるのだ。

アベリャネーダは北叟笑《ほくそえ》むような心境で、じっくりとその時を待った。そして、一年半ばかりの時が過ぎ、ついにその折がやってきた。

一六〇五年の一月である。セルバンテス作『才智あふるる郷士ドン・キホーテ・デ・ラ・マンチャ』が出版されたのだ。

アベリャネーダは早速その本を手に入れ、一から十までけなし抜いてやろうという心構えで読んだ。あの、エシャロットのような顔の貧乏作家がどんな下らないことを書いているのかと、吟味するように読んだ。

ところが、読み進むうちに、ついつい物語に引き込まれてしまうのだった。場面によっては、思わず苦笑してしまうほどに面白いのだ。読んでいくと頭の中にドン・キホーテが出現して、自由自在に活躍をする。

これはまずいことになったぞ、とアベリャネーダは思った。

6

セルバンテスの『才智あふるる郷士ドン・キホーテ・デ・ラ・マンチャ』は、出版されるやいなや大変な好評でもって受け入れられ、当時としては破格のベストセラーになったのである。

一六〇五年の一月に出版されると、それからの一年間で、あちこちの出版社によって七種類もの異本が刊行されたというから、人気の高さがうかがえる。もっとも、当時は出版法が不完全だったので、いわゆる海賊版が横行したというわけであって、セルバンテスに巨額の収入をもたらすことはなかったのだが。

それにしても、その時代にしてはよく売れた本だった。『ドン・キホーテ』の後篇に、ドン・キホーテ自身がその本の出版のことを知るという奇妙なシーンがあるのだが、そこにはこういうやりとりがある。

「してみると、わしの物語があるというのは本当ですかな、それを書いたのがモーロの賢人だと申すのも？」

「それはもう本当どころか」と、サンソンが答えた。「今申した物語は、すでに今日では一万二千冊のうえ印刷されたと信じています」

ある物語の後篇の中で、主人公が自分の活躍を描いた前篇が出版されていることを知る、というのは非常にヘンテコななりゆきなのだが、それを利用してセルバンテスは、前篇の発行部数の自慢までしてしまうのである。

一万二千冊という発行部数は、その時代にしては大ベストセラーと言うべきものだった。その時代とは、どういう時代なのかを見てみよう。

『ドン・キホーテ』は十七世紀初頭の書物である。その時代とは、イギリスでシェイクスピアが活躍していた頃であり、日本では江戸時代が始まったばかりだった。これは偶然なのだが、セルバンテスは一六一六年の四月二十三日に死ぬのだが、当時の暦の上ではそれはイギリスでシェイクスピアが死んだのと同じ日である。

当時の出版事情はどうなっていたか。ドイツ人のグーテンベルクが活版印刷術を発明したのが一四五〇年頃である。その技術がスペインに入ったのは一四七三年だ。そして、十五世紀の末頃にはもう、小説の出版が始まっていた。

十六世紀になると、一五〇八年頃にガルシ・ロドリーゲス・デ・モンタルボという作家が、『アマディス・デ・ガウラ』という騎士道物語を出版し、スペインにとどまらず全ヨーロッパにまたがる大ベストセラーになった。

騎士道物語は十三世紀頃からフランスで始まったものだが、スペインでは『アマディス・デ・ガウラ』の大成功以後、十六世紀に大隆盛期を迎えたのだ。一五一〇年から一六〇二年までにスペインで出版された騎士道物語は四十六あり、それらの印刷された版数は全部で二百四十三版になる。これは大流行だったと言っていいだろう。

その当時のスペインにおける識字率は二割程度だったし、書籍はかなり高価なもので裕福な階層の人しか買えなかったのだが、一方で、誰かが小説を朗読するのを聞いて楽しむということが行われていたから、人々が小説の楽しさを知っていった時代だと言えるだろう。

騎士が冒険をしたり恋をしたりの物語に、人々は一喜一憂していたのだ。

その騎士道物語に対して、あんな下らない話がどうしてそうもてはやされるのだと、怒りをぶつけたのがセルバンテスだ。そこで彼は、騎士道物語を笑いのめすパロディとして、『ドン・キホーテ』を書いた。

その主人公は、世にはびこる騎士道物語を読みすぎて頭がおかしくなった老人なのだ。

そして老人は、自分のことを名誉ある騎士だと思い込んで、何もかも勘違いから生じる逆さまの活躍をする。まだ会ったこともない女性を、騎士の永遠の恋人＝思い姫にするのもパロディならではのことだ。

というわけで、『ドン・キホーテ』は出版されてすぐの頃、爆笑もののユーモア小説だった。なにしろ、人々は騎士道物語をよく知っているから、それが徹底的にからかわれているのが面白くてたまらない。ここはあの小説へのからかいだ、この場面はあの小説の筋をひっくり返したものだ、などのことが手に取るようにわかったのだ。

もとの小説をよく知っているからこそ、それをからかったパロディが楽しめる。

そして、パロディを楽しんでしまえば、もう原形である騎士道物語には満足できなくなるのが道理だ。セルバンテスの頃には騎士道物語の人気も下降気味ではあったのだが、『ドン・キホーテ』がそれに最後のとどめを刺したと考えていいだろう。

序言の中に、「この著作は、騎士道に関する書物が、世間や俗衆の間に持っている権威と勢力を打ち倒す以外に目的はない」と書いているセルバンテスのもくろみは大成功に終ったのだ。

とにかく、『ドン・キホーテ』は作者のセルバンテスですら予期しなかったほどの好評で世に受け入れられた。

その頃のこと、一人の若者が、マンサナーレス川の畔りで手に本を持って、狂ったように笑っているのを、当時のスペインの王フェリペ三世が王宮の窓から眺めて、こう言ったという。

「あの男は、頭が狂っているか、それとも『ドン・キホーテ』を読んでいるかのどちらかだ」

その頃いかに『ドン・キホーテ』が人気をさらったかを物語るエピソードであろう。

7

アベリャネーダは焦った。本名は今のところ不詳の、セルバンテスに恨みを抱く男である。

アベリャネーダの狙いは、セルバンテスを陥れることにあった。いろいろの事情からセルバンテスを憎むようになったこの修道士は、セルバンテスに恥をかかせ、面目を失わせようということだけに情熱を傾け、機会をうかがっていたのである。

セルバンテスが原典としている、シーデ・アメーテ・ベネンヘーリによるドン・キホーテの冒険の記録を手に入れて、私はこれを持っているからセルバンテスを痛烈に批判できると考えていた。せっかくの見事な原典を、この無能な作家はなんとまあ低俗な小説にしてしまったものか、という批判は、原典を持っている人間だけにできることだからである。

彼はそのように、セルバンテスを攻撃するつもりでいた。

しかし、実際に出版されてみると、セルバンテスのその小説は大評判なのである。売れに売れ、読む人間は笑いころげているというありさまだ。今まで流行していた騎士道物語のすべてが、『ドン・キホーテ』一冊にぶっとばされてしまった感さえある。

そんなふうに世間に好意的に受け止められている時に、いやいやこれは駄作なのだ、という批判をしてみても人々の耳に届くとは思えない。もう既に人々はその小説を愛してしまったのだ。その愛に難くせをつける者は、憎まれてしまう可能性すらある。

くやしいが、セルバンテスはうまくやったのだ。アベリャネーダの、セルバンテスに恥をかかせる、というもくろみは実行が不可能になってしまった。

アベリャネーダにしてみれば、面白くないなりゆきである。

「あの大法螺吹きが喝采をもって受け入れられているとは、愚にもつかぬ話だて。なにしろ、ベネンヘーリの原作をずっと低俗にして、下卑た笑いを取りに走った所さえあるのに、そんなところがかえって人気の元になっているのだから手におえない。しかしかと言って、あれは志の低い愚作なのだと今言いたてても、人々は現に楽しんでいるのだから耳を貸すまい。耳を貸さぬだけならまだしも、この楽しみに水を差すでないと怒りだし、私を悪く言う者すら出てきてしまいそうだしな」

そんな独り言が彼の口からはこぼれ落ちた。

「『ドン・キホーテ』で成功を手に入れたセルバンテスを、はて、どうすれば地べたに引きずりおろせるだろうか」

アベリャネーダはそのことばかりを何か月にもわたって考え続けた。

そして半年ばかりたった頃、ついにこれぞ起死回生と思える名案を思いついたのだ。

こうなったら、この私があれよりもっといい『ドン・キホーテ』を書いてやろう、というのがその案であった。

あの『ドン・キホーテ』を読んだ者は、これがこの物語のすべてであり、これでおしまいだと思っているであろう。なのに私が、あの話の続篇を書いて発表するのだ。人々は、まだ続きがあったのかと驚き、競って読むだろう。

確かにそうである。『ドン・キホーテ』は前篇と後篇からなっており、時にはそれが正篇と続篇と呼ばれたりもするのだが、初めの一冊が出版された時は、それで全篇だと思われていた。

そこへ、私が続篇を加えてしまうのだと、アベリャネーダは考えたのだ。そしてその、別人の手になる続篇が、セルバンテスの正篇よりはるかに高尚で、知的で、教えに富んでいたならば、人々はこう言うだろう。

この続篇こそ真に価値ある文学であり、セルバンテスの書いた前篇は、これを産むための下卑た土台にすぎなかった。

そのような私の『ドン・キホーテ』を書くことで、セルバンテスに恥辱を与えようと計画したのだ。

誤解してならないのは、名作にできの悪い続篇をつけ加えることで、その作品の価値を下げようとしたのではない、ということだ。アベリャネーダは、正篇よりもっといい続篇を書いて、セルバンテスを消し去ろうと考えていた。

人気に便乗して、自分の名を上げようと考えたのでもない。彼はその続篇を架空の筆名(それがアベリャネーダ)で発表するつもりであり、本名を明かす予定はなかった。ただひたすらに、セルバンテスを葬り去るがための、続篇を考えていたのだ。

ただし、そういう続篇を自分の創作力でいきなり書き始めるわけではない。『ドン・キホーテ』には、アラビア語で書かれた原典があるのだから。アベリャネーダも手に入れている、シーデ・アメーテ・ベネンヘーリによる記録である。

セルバンテスの『ドン・キホーテ』を読んでみると、ベネンヘーリの原典をほぼすべて利用して書いているのだった。ということは続篇を書くためには、これ以上の記録はないのだろうかと捜す必要がある。ベネンヘーリによる、『その後のドン・キホーテの記録』なんてものを見つけることができれば、セルバンテスに先んじて、物語の続篇を書くことができるのだ。

そこでアベリャネーダは、スペイン各地の本屋という本屋、骨董品屋という骨董品屋を訪ね歩いて求めるものを捜しまわったのだった。求めるものは本になっていないノートへの覚え書きのようなものかもしれないので、骨董品屋にもあたってみる必要があったのだ。

それからまた、アベリャネーダとしてはこういうことも考えていた。捜し求める記録が手に入らないのならば、ラ・マンチャ生まれのモーロ人であるという、シーデ・アメーテ・ベネンヘーリその人を見つけ出して話をきくのでもいいのだ。その人ならばドン・キホーテのことを誰よりもよく知っているのだから。

ところが、およそ半年ばかりもかけてスペイン中を捜しまわったにもかかわらず、ベネンヘーリを捜し出すことはできず、その人の書いた別の記録も発見できなかった。

アベリャネーダがほとんどあきらめかけていた時、神の導きかとも思えるような奇跡がおこらなければ、もうひとつの『ドン・キホーテ』は生まれなかっただろう。

しかし、奇跡はおきた。コルドバの街にある小さな骨董品屋を訪ねてみたところ、そこの主人がこんなことを言ったのである。

「アラビア語で書かれたドン・キホーテの記録を捜しているんですって。そんなようなものが確かありましたぜ」

アベリャネーダは喜びに胸を震わせた。

「あるのか。シーデ・アメーテ・ベネンヘーリの手になる記録文だな」

「いや、そんな人物の手になるものではなかったですぜ。私は多少アラビア語が読めるんですがね。ああ、ここにあった。ほら、これでさ」

店の主人は革の表紙をつけた古ぼけたノートをさし出した。

「ほら。この表紙にこういうことが書いてあるんでさ。『モーロの賢人アリソランの手になる、頭のイカれた騎士ドン・キホーテの後半生の冒険の記録』とね」

それこそが、アベリャネーダの捜し求めていたものであった。

（つづく）

なぜそんなところにこだわってひっかかってしまうのかなあ、というのが、その連載小説の二回目を読んで私が思ったことだった。そこまで話を複雑にすることはないのに。

西泉の連載小説『贋作者アベリャネーダ』の、基本の構成はこれでいいと思うのである。

セルバンテスに恨みを抱く男がいて、『ドン・キホーテ』の評判のよさに業を煮やし、私がもっと上等の続篇を書いて彼奴《あやつ》に恥をかかせてやる、と思うのは興味深い進行である。

贋の続篇を書いた者は、本物よりいいものを書こうというつもりだった、というのは結果がどうだったかを別にして、面白いいきさつだ。

だから、アベリャネーダにすんなりと贋の続篇を書かせればいいのだ。

それなのに西泉は、セルバンテスが軽い気持で、この話の原典はあるモーロ人がアラビア語で書いたものなのだが、と書いているのを真に受けて、シーデ・アメーテ・ベネンヘーリは実在するとする。

するとそのことに引きずられて、贋作のほうも、アベリャネーダが書いたものではなく、賢人アリソランの書いたものがあり、アベリャネーダはそれを発見して紹介したのだ、とする。

『ドン・キホーテ』の作者を四人にしてしまってどうする気なのだろう。

アベリャネーダは贋作を書くにあたり、セルバンテスにならって、真の作者は別にいるのだという形式にした、と書けばすごくすっきりするだろうに。

思うに、西泉はあえて話を複雑にして、読者を煙に巻く効果を狙っているのかもしれない。

セルバンテスや、ドン・キホーテをまずは霧の彼方に置いて、なかなかたぐり寄せられない感じにしたいのだろうか。

しかし、それはいつもの彼の小説の、もったいぶった書き方のせいでわかりにくい、という印象になるだけだと思うのだが。

私はそんな感想を抱きつつ、でも一方では贋作のドン・キホーテとは、面白いところに目をつけたものだと感心し、この先どうなっていくのかな、と期待もしていたのだった。

ところが、そんな時に思いがけないことがおこった。ある日私あてに、一枚のはがきが届いたのだ。

その差出人は、普段まったく交流のない、西泉貴嗣だった。その作家から、初めてのはがきをもらったのだ。私が「つくま」に載った彼の小説の二回目を読み終えた頃である。

和紙で作った私製はがきに、五十円切手を貼ったものだった。そこにあった文面は、次のようなものである。

「いつぞやお話しした、私のドン・キホーテを今やっています。これが生やさしいことではなくて、大変。さて、あの時言っていたように、私のドン・キホーテによってセルバンテスのドン・キホーテをぶっとばすことができるかどうか。苦心惨憺ですが、やりがいはありますよ。西泉貴嗣」

短い文面のはがきを手にして、私はどう考えたものかわからなくなってしまった。西泉があえて私にそんなはがきをくれる理由がわからなかったのである。たった一度の対談以外には、まったくつきあいのない相手なのだから。

小説家同士ということで近い関係ではないかと思う人がいるかもしれないが、小説家とは孤独な職業である。担当してくれる編集者とはかろうじてつきあいがあるが、同業者と仲よくすることはほとんどない。何か用件があるならともかく、今、私はこういう小説を書いていいます、というようなことを作家同士が連絡するなんて、考えられないのだ。

私はそのはがきをじっと見つめ、こう考えた。

つまり、これは一種の挑戦状なのだろうか。あの対談の後の酒の席で、彼と私とは意見が対立したのだ。彼は、おれが新しいドン・キホーテを書けば、それが次のドン・キホーテになるのだ、というような主張をし、私はそれに対して、ついていけないな、という顔をしたのだから。

そのことを覚えていて、おれは今やっているぜ、と言ってきたのかもしれない。

私は絵はがきに、短く次のように書いて返信した。

「『つくま』の小説、拝読しています。すごくむずかしい挑戦ですよね。はたして文学の奇跡はおこせるのでしょうか。今後の展開に注目しています」

第3章

贋の続篇に対するセルバンテスの反応について考えているうち、かの小説はゆがんだ構成を持ち始める

なんだかんだ言いながら、その一方では私が西泉貴嗣《にしいずみたかし》の『贋作者アベリャネーダ』という小説のせいで、贋作ドン・キホーテのことだとか、そういうものが出現した時のセルバンテスの怒りなどに興味を覚えたというのも、確かな事実ではある。

そもそも私は以前から、贋作ドン・キホーテ事件について、なんと面白いなりゆきだろうと思っていた。正確を期すために正直な告白をするが、私がまだ『ドン・キホーテ』を実際に読む前のこと、文学全集の解説などを読んで、あの有名な古典文学にはそんな意外な贋作騒動があるのかと知って、珍しいことよと気を引かれていたのだ。

ある有名な世評高い小説があるとして、その続篇が後年別の作者によって書かれるということは珍しくない。『続・坊っちゃん』とか、『続 明暗』のような例が日本にもある。最近の話題としては、『ピーター・パン』の続篇を書く作家が決定したという新聞記事もあった。

しかしそういう事例というのは、原作者が亡くなっている時におこり得るのではないだろ

うか。イアン・フレミングが亡くなってから、別の作者による007物が書かれるという具合に。亡くなっていないとしても、原作者にもう続篇を書く体力、気力がないとはっきりしているとか。そしてその場合なら、原作者に話をつけるのが普通であろう。私があなたの、あの小説の続篇を書いてもいいでしょうかと申し出て、自由におやり下さい、という返事をもらった上で書くものである。半村良の『戦国自衛隊』という小説には劇画版があるのだが、劇画版には『続・戦国自衛隊』もある。これは、半村良に出版社が続篇の執筆を依頼したところ、今はそれを書く余力がないから、そちらで自由に作って下さいよ、と言われて生まれたものだそうだ。そのように原作者が生存中なら、承諾を得るのが礼にかなったやり方というものである。

　ところがアベリャネーダは、セルバンテスの生存中に、と言うより、セルバンテスが自分の小説『ドン・キホーテ』の続篇を執筆している最中に、勝手にひとの小説の続篇を書いて刊行したのだ。

　正しい『ドン・キホーテ』の続篇は一六一五年に刊行される。そして、その前年の一六一四年に、アベリャネーダの贋の続篇は、もちろんセルバンテスに断りもなく刊行され、ある程度は話題になって売れたのだ。

　その時期というのは、セルバンテスが自分の続篇を三分の二ぐらい書き進めていた時で、第五十八章まで書いたところだろうと思われる。どうしてそこまでわかるかというと、第五十九章で、そこまでの筋を強引に曲げて、小説中のドン・キホーテが、アベリャネーダの贋作の続篇を手に入れて読む、という展開になるからである。ここでセルバンテスは、そのけしからん小説を読んだのだ。

贋作を読んだセルバンテスは怒った。この下らない贋物を木っ端微塵に叩きつぶさねばならぬ、と思ったようである。

セルバンテスが怒ったのは、自分に断りなく贋物を書いたという、そのことへの怒りではない。それだけなら、当時は珍しいことではなかったのだから。

アベリャネーダは『贋作ドン・キホーテ』の序文の中で「ある物語が複数の作者を有することは別段目新しいことではないのですから、この後篇が別の作者の筆から生まれることにどうか驚かないで戴きたい」と書いている。ほかの作家が続篇を書くことはよくあることですよ、と言っているわけだ。そして、前篇を書いたセルバンテス氏は、すっかり老いぼれているし、有名な作家への嫉妬が動機で書いているし、キリスト者の愛を知らず下品なので、私がもっとよい続篇を世に送り出すのです、とほのめかしている。

もちろんセルバンテスには、アベリャネーダのその言いぐさも気に入らなかっただろう。贋作のくせに、真作にケチをつけてくるのだ。原作者に挑戦状を叩きつけるような贋作であり、許し難い。

しかし実はそのことよりも、セルバンテスには許せないことがあった。それは、アベリャネーダの描くドン・キホーテが非常に下らない人間になってしまっている点である。

贋作の中のドン・キホーテは、思考が単純で、行動がびっくりするほど乱暴である。

セルバンテスのドン・キホーテも、確かに本を読みすぎて少々頭がおかしくなりかけた人物であり、思い込みによる珍騒動をやたらと引きおこしはする。しかし、その根本にあるのは、騎士道の中に美を求める人の、一直線な生き方である。思い姫のためならば、一命をも賭す、というような美意識があってこその滑稽さなのであり、だからこそ悲しみが漂うのだ。

それなのに贋ドン・キホーテは思い姫ドゥルシネーアへの恋を捨ててしまっている。その改悪だけは絶対に許せないところだ。贋ドン・キホーテはただただ迷惑な暴走をするだけで、全面的に困った人間にすぎない。なのに時として宗教的な話を始め、人に説教するのである。なんというつまらないヒーローの矮小化か、というところだ。

たとえばサンチョ・パンサの描き方にしても、真作のほうでは、少々おつむが足りないとしても、正直な人間の持つ正当さがいつも光っている、という感じがある。それにくらべて贋作のサンチョ・パンサはただひたすらに愚かなだけである。

そういうドン・キホーテやサンチョを許しておけるものではない、とセルバンテスはムカムカしたことであろう。

＊　＊　＊

後篇の序文の中で、セルバンテスは余裕の筆致でアベリャネーダへの反撃を始める。

まずは、こんなことを言う。

読者は、私がこの序文の中に、あの第二の『ドン・キホーテ』の作者に対する、報復、罵《ば》詈《り》、攻撃を書き並べるだろうと思ってじりじりしているだろうが、私にその気はない。私にはあの男をののしる気はなく、どうとも勝手にさせておけ、という気持である。

ところがそう言いつつもすぐに、しかし私を年寄りだ、片腕だと悪く言うのには困ったものだ、と続ける。私の片腕が動かないのは戦場における名誉の負傷なのに。

そして、私のことをある大作家への妬みの持ち主だと書くことは迷惑だ、と言う。この大作家とは、西泉の小説の中でも言及されているローペ・デ・ベガのことだ。アベリャネーダは、セルバンテスを、ローペ・デ・ベガへの羨望から『ドン・キホーテ』を書いたのだ、と変にからむのである。

それに対してセルバンテスは、私はあの作家の才能を尊んでいるし、その人の作品にも敬服している、と書く。これは本心ではないかもしれず、余裕の反論なのだろう。

いずれにしても、私はこの贋作者をあまりいじめないでおく、とセルバンテスは言い、その理由として、この作者はあたかも不敬罪でも犯しているかのように、本名をかくし、生国を偽って、表に出てくることをおそれている悲しい男だからである、と言う。実はその言い方こそが、痛烈な攻撃なのだが。

こういう言い方からわかるのは、セルバンテスはアベリャネーダという偽名を使う贋作者の正体を知っているらしい、ということである。

『ドン・キホーテ』の贋の続篇は、日本でも翻訳されていて捜せば文庫本で読むことができる。岩根圀和氏の訳で、『贋作ドン・キホーテ』(上下)がちくま文庫で出ていたのだ。そしてこの岩根氏は中公新書で『贋作ドン・キホーテ』という研究書も出している。

私が以下に書くことは、この岩根氏の著書を参考にしていると断っておこう。

贋作者アベリャネーダは自分の出身地をトルデシーリュスという古都だとしている。ところがセルバンテスは、文中にある言葉の訛りから、この男はアラゴンの人間だと決めつけるのだ。そして、「このトルデシーリュス生まれのアラゴン人」と書いたりする。これは、京都生まれの江戸っ子、という言い方にも似た変な表現であり、この言い方で相手を揶揄しているのだそうだ。つまり、出身地を偽り、名を隠して逃げまわる勇気に欠けた男め、とののしっているわけだ。

しかし、そんなふうにきっぱりとアラゴン人と決めつけられるのは、相手の正体を、名前まで含めて見抜いているからにほかならない。ローペ・デ・ベガのことを持ち出してからんでくるところから、実際にあった過去のトラブルまで思い出せて、あいつがこの悪質な行為をしたんだとわかっているのだろう。

なのに、セルバンテスは相手の正体を明かすことはしない。アラゴン出身のこの卑怯な男、などと書くだけで、お前は実は誰それではないか、とはどこにも書かないのだ。

その理由はよくわからない。相手の正体を明かしてしまっては不都合な何かの事情があるのだろうか。

とにかく、アベリャネーダは正体を隠し、セルバンテスはそれを暴露しないことをもって、この贋作者の正体は今もって不明なのである。この人物がそうではないか、という仮説は三つ四つあるが、我が日本の東洲斎写楽の正体が、いろいろな説はあるがまだ不明なのと同じように、アベリャネーダも謎に包まれたままなのだ。西泉が彼の小説の中で、アベリャネーダを、ドミニコ会に属する修道士である、と断定的に書いているのは、いくつかあるアベリャネーダの正体についての仮説の中から、あるひとつを採用しているということである。彼が書いているのは小説なのだから、そういう仮定をしても何の問題もないのだが。

さて、セルバンテスの怒りに話を戻そう。序文の中では、こんな卑怯で小説の下手な贋作者は相手にせず、好きにさせておけばいいのだ、ということを言っていながら、後篇の第五十九章で『ドン・キホーテ』の贋の続篇の存在を知ってからは、何度となく文中でそのけがらわしい贋作のことを、ドン・キホーテは、つまりセルバンテスはけなすのだ。

まず、ドン・キホーテが贋作の存在を知るなりゆきを説明しよう。ドン・キホーテとサンチョ・パンサが、サラゴーサに近い旅籠に着いて食事をしようとしている時、薄い板だけで仕切った隣部屋から二人の男の会話が聞こえてくる。『ドン・キホーテ』の後篇をもう一章読みましょうよ。でも下らない小説じゃないか。確かに、ドン・キホーテがもうドゥルシネーアへの恋からさめているというところは面白くないですねえ。

そのやりとりを聞いていて、思わずドン・キホーテは言う。私がドゥルシネーアを忘れたなどという嘘を信じる者は、私がこらしめよう。

そんなことを言うのはどなたですか、ということになって、隣の部屋の二人と顔を合わせる。拙者こそがドン・キホーテだと言うと、あなたの様子を見ればそれが真実なのは明白だ、と二人は信じてくれる。つまり、贋の続篇に描かれる愚劣なドン・キホーテと、あなたはまるで違っていて、あなたはまことに立派だ、と言うわけだ。

ドン・キホーテはいまわしい本を借り、少しぱらぱらめくって読むとすぐ、この本は言葉が間違っているし、アラゴン訛りがあるし、サンチョの妻の名を間違えているし、丁寧に読むまでもなく間違いだらけであるとわかる、と非難する。

そう書けるということは、セルバンテスは贋作をかなりじっくり読んでいると考えていいだろう。

＊　＊　＊

旅籠でそんな話をしているうちに、ついに物語はとんでもない展開を見せる。隣部屋の二人から、今後あなたはどこへ行く予定なんです、ときかれるのだ。

ドン・キホーテは、拙者はサラゴーサへ行って、そこで催される馬上仕合に出るつもりだ、と答える。すると二人は、例の贋作の中でも、贋ドン・キホーテはサラゴーサへ行って槍投げ仕合に出るのだが、思いつきも貧しく文章も下手で、愚かしい表現ですよ、と言った。

「そういうわけなら」と、ドン・キホーテは言う。「拙者は断じてサラゴーサには一歩も立ち入らぬことにいたそう」

そうすれば、その小説が嘘だということが誰の目にも明らかになるだろうから、というのだ。

二人が、バルセローナにも同じような仕合がありますよ、と言うと、ドン・キホーテは、では拙者はバルセローナへ行く、と決心する。

ものすごい展開だと言うしかあるまい。この続篇の中で、ドン・キホーテはずっとサラゴーサをめざして旅をしてきたのである。そこでの馬上仕合が物語のクライマックスになるという流れだった。

それなのに第五十九章まできて、主人公がそこへは行かんぞ、と言いだすのだ。贋作の中で、自分の贋者が行った同じ街には行きたくないからという理由で。

小説として、普通にはありえない筋運びであろう。このあと、ドン・キホーテは本当にバルセローナへ行くのだ。

アベリャネーダの贋作が、本物の『ドン・キホーテ』の筋まで変えた、と言われているのはこのためである。

しかし私には、セルバンテスが贋作の出現によって損害をこうむっているとは思えない。むしろ、贋作が出てきたからこそ、本物の『ドン・キホーテ』の続篇は文学的に、他の小説が望んでも得られない価値を持つことができたように思えるのだ。

普通には、アベリャネーダの贋の『ドン・キホーテ』の続篇の出現にもいいところがあったとして、セルバンテスの怒りをかき立て、続篇の執筆を急がせたことが言われている。

贋作が出版された一六一四年に、セルバンテスは六十七歳である。一六〇五年の五十八歳の時に『ドン・キホーテ』の前篇を出版してから、十年近くをかけて、やっと続篇の三分の二まで書けただけだった。

だが、贋作を読んで怒り狂った彼は、見違えるほど精力的に執筆し、それから一年あまりで続篇を書きあげ、一六一五年の十二月に出版する。

そしてその翌年の四月には死去するのだ。

贋作への怒りがなければ、『ドン・キホーテ』の続篇は完結しなかったかもしれない。結果的にセルバンテスにそれを書きあげさせたことが、出来のそうよくない(極悪というわけではない。まずまず読める小説にはなっている)贋作の手柄である、などと言われている。

しかし、私はそれとは少し違うことを考える。贋作の出現は『ドン・キホーテ』にとって願ってもないような幸運だったという気がするのだ。

なぜなら、『ドン・キホーテ』という小説は、小説というものへのパロディ、といった性格のものだからである。

主人公が、騎士道物語を読みすぎておかしくなった老人で、小説の通りに行動しようとして失敗を重ねる、というのがまさに、小説をコケにするがための小説である。

私が書いたわけではなく、あるモーロ人がアラビア語で書いたものを見つけて紹介しているのだ、という構造もまた、作者がいて小説を書くということへの、おちょくりだと考えられる気がする。

そして、続篇が始まるやいなや、主人公は自分の活躍を描いた本が出ていて、自分は有名人だということを知るのだ。そして続篇の中には、前篇を読んでドン・キホーテのファンだという人物まで出てくる。

　主人公が、わしは本に書かれているから有名人なのだ、ということを知っているという物語は、今風に言えばメタ・フィクションである。そんなふうに『ドン・キホーテ』とは、自分が小説だということを手玉にとってもてあそんでいる小説なのである。そのことに、小説とは何か、という問いが含まれていて、なんともお見事なのだ。

　そして、第五十九章までできたところで、ついに自分の物語の贋物が出現していることを主人公が知ってしまい、それをちらりと読んでしまうのだ。そして、その贋者とは違うことをするんだ、と自分の物語の筋をねじ曲げてしまう。

　小説であることをぶち壊そうという狙いを持った小説にとって、これ以上はないという大技ではないか。セルバンテスは贋作の出現を怒っているらしいのだが、むしろ、彼の小説にあきれるほどの大技をもたらしてくれた点において、アベリャネーダは恩人だと言ってもいいような気がする。

　『ドン・キホーテ』は、ほかにも価値はいろいろあるが、まずは小説を笑う小説だという成り立ちにすごいものがあるのだから。

　さて、そういうことを西泉貴嗣の小説は分析してくれるだろうか。それとも、彼は私とはまるで違う考えを持っていて、別のことを書いていくのだろうか。

　そんな、少し待ちどおしいような気持になって、私は彼の小説の続きを待ったのだ。そして、一カ月後に、彼の小説の第三回分を読んで、我が目を疑ってしまった。

贋作者アベリャネーダ　第三回

西泉貴嗣

8

それにしても、賢人アリソランとはどこの誰なのであろうか。アベリャネーダは、その古ぼけたノートを売ってくれた骨董品屋の主人に、これはどんな人物から、どのように手に入れたものだろうかというのを尋ねてみたのだが、ほかの何かにまぎれて買ったものらしくて、どのように手に入ったのかもわからないのだ、というのが答えであった。

そこでアベリャネーダは、とにかくどういうことが書かれているのかを知ることだと、アラビア語の読める人間を捜した。彼がその時、真に価値ある文学作品をとうとう見つけたのかもしれない、という期待に胸を震わせていたのは言うまでもない。

やがて、モーロ人でアラビア語に通じているが、カスティーリャ語での書記の仕事もしているという、翻訳にはうってつけの男がいるのを捜し当てる。そんなことにも、アベリャネーダは文学の奇跡がまさにおこっているのだという感想を持った。

モーロ人は、思いのほか安い報酬で翻訳を引き受けてくれた。アラビア語で書かれた価値あるものを、スペイン人に読めるものにするのは私にとってやりがいのある仕事なのですから、というのがその男の言い分だった。

アベリャネーダはノートを渡すと、まずこう言った。

「このノートの表紙には、『モーロの賢人アリソランの手になる、頭のイカれた騎士ドン・キホーテの後半生の冒険の記録』と題名が書かれているそうだ。そこで、まずはこの記録の冒頭部分とか、もしくは末尾のあたりをざっと見てみて、賢人アリソランなる人物がどんな人間なのか書いてあるかどうかを確かめてくれないか。どうしてそういう賢人が、ドン・キホーテのことを知っていて記録に残せたのかなどのことを、私はとても知りたいのだ」

するとモーロ人は、その場で問題のノートをパラパラとめくり、あちこちに目を通していって、しばらくの後こう言った。

「どうもおっしゃるようなことは書いてありませんな。確かに、表紙にはモーロの賢人アリソランの手になった記録だと書かれているのですが、記録の本文はいきなりドン・キホーテがどこで何をしているってことから始まっていて、誰がなぜ書いたかなんていう記述はありませんよ。それから、長い記録の終りのあたりに目を通しても、そういうことが書かれているわけではないようです。全体をじっくりと見ていけば、どこかにそういう記述があるのかもしれませんが、そこへぶちあたるには、初めっから順に読んでいくしかないでしょう」

そういうことならば、翻訳が完了するまで待つしかなかろうと、アベリャネーダは納得した。そして、この全篇を翻訳するのに、どのくらいの日数がかかるかね、ときいてみた。

「結構な分量がありますからね。ざっとひと月半はかかるでしょうな」

一刻も早くその記録を読んで、自分の手でその後のドン・キホーテの、神の意思にも合った正しい物語を生み出したいと願うアベリャネーダであったが、翻訳のためにかかる時間ばかりは切り詰めようがなかった。彼はそのモーロ人に手つけ金を払い、翻訳が完成したら残りの代金を払うと約束した。

それにしても、とアベリャネーダは考えた。私が自らの手で、もっと正しいあるべき姿の『ドン・キホーテ』を書くしかないと決意したところ、神に導かれるようにして、そのための資料たる元本が見つかったという事実こそ、文学の奇跡そのものだ。賢人アリソランが誰であるにしろ、神が私にそれを書けとおっしゃっていることだけは確実だ。

そのように考えて、わくわくしながらアベリャネーダは翻訳の出来あがるのを待った。

だが、そういうアベリャネーダについて詳細に語ろうとしても、彼はただ翻訳が完成するのをひと月半待っていただけなのだから、その間の彼については書くことが何もない。ひと月半といえば短くはない時間であり、「そしてひと月半たって、翻訳が出来あがった」という記述で時を飛ばしてしまうやり方は不誠実だと思うのである。

そこで、ここまで読み進んできた読者にとって少し意外なことかもしれないが、アベリャネーダが翻訳の完成を待っている間に、別の人間のことをちょっと語ってみよう。

その人間とは、この小説の作者である私、西泉貴嗣である。小説の展開にとって、ここで私のことを語るのが必然であり、これは決して無駄な寄り道ではないのである。

私とて、これが少しばかり異例なやり方であることは承知している。小説の中には、私小説という形式もあることはあって、その場合ならば、小説中に出てくる〝私〟と称する人物が、そっくりそのままではないにしろ、その小説の作者であることになる。そんな読者とは無縁の一個人が、胃の調子が悪いだの、落ち葉を集めて焚き火をしただの、愛人の女優とただれた生活を送っているだの、妻がふいに死んで茫然自失の態であるだのということを書いて、なぜこれが文学なのだという気がする人もいるではあろうが、それはちゃんと私小説という一形式と認められているのであり、文句なく成立するのだ。

だが、私のこの小説はここまで、どう見ても私小説とは違うものとして展開してきたのである。セルバンテスがかの『ドン・キホーテ』を発表した直後のこと、どうあってもあのセルバンテスよりもいい『ドン・キホーテ』を書かねばならないともくろんだ贋作者が、いかにしてそれを書いたかということに焦点をしぼって、ここまでは極めて小説らしく展開してきたのだから。時代は十七世紀のことであり、舞台はスペインだ。そういう、文学的実話に基づいて、もちろん部分的にはフィクションのところもあり、だからこそこれは研究書ではなくて小説なのだが、そういうものとしてうまく流れていたのに、どうしてここに急にこの小説の作者なんかが出てくるのか。小説として崩壊してしまいそうではないか。

9

だがしかし、この小説にはこのあたりで私が出てくるしかないのである。決して、ストーリーに行き詰まって自分についての雑談を始めたのではないことを断言しておく。

この小説で書こうとしているのは、贋作者アベリャネーダは、なぜ『ドン・キホーテ』の贋の続篇を書いたのか、ということである。それは、小さく考えてみれば、贋物を作る人はなぜいるのか、という問いに整理されるのだが、あえて大きく考えるならば、真作であろうが贋作であろうがそのことはどうでもいいのであって、なぜ小説家は小説を書くのだろうか、というところに迫ろうとしているのである。そういうわけで私のこの小説は、アベリャネーダについて考えるだけではなく、セルバンテスはなぜ『ドン・キホーテ』を書いたのか、ということも取り扱うことになる。そして更に、すべての小説家は、なぜ小説を書くのかという問いこそが、本当のテーマなのである。

それは答えようのない問いではないのか、と思う人がいるかもしれない。なぜなら、すべての小説家、という抽象的な存在はどこにもいないわけで、実際にいるのは一人一人別の個々の小説家なのだから。そういった小説家たちが、小説を書く理由は個別であって、ひとつに要約することは不可能のようにも見えるのである。

だが、現実には、夥しい小説家がいて、夥しい小説が生み出されていて、なぜかそれらは書かれた、というところに共通するものがある。その、書かれた理由を究極まで分解していった先に、なぜセルバンテスは、そしてアベリャネーダは書いたのか、ということへの答えが現われるはずである。

もうおわかりだろう。そういうことをテーマにした小説を書いていけば、当然のことながら、なぜ私はこれを書いているのか、ということを問題にしないわけにはいかなくなり、それを語ることは小説の中心線から外れていることではなく、主題そのものなのだ。人はなぜ小説を書くのかについて考える小説が、それを書いている小説家のほうを見ようともしないということのほうが変なのだから。

私は、なぜこんな小説を書いているのであろう。

そういう疑問に、なるべく正直に答えてみることにしよう。

私は小説家である。言い替えるならば、私は小説を書くことを職業としているのであって、注文された小説を書いてもらう原稿料や、その小説が本として刊行された時にもらえる印税を収入としており、主にその収入で生活をしているということだ。小説家とひと口に言っても、その仕事ぶりや生活ぶりは千差万別であろうけれども、一応資本主義経済圏では、小説を書くことで収入を得ている人間が小説家であろう。

ただし、そういった経済活動からだけで小説家を規定していいかどうかには、様々な異論も出るところであろう。金のために、よく売れそうな文章作品を書いている、という時の小説と、芸術としての価値まで確かに内在していて、人類にとっての古典とされているような小説とが、同じ名称で呼ばれていいのか、という議論もあるだろう。また、芸術作品の成立の根元を、生活費を稼ぐため、というところに求めて、はたしてそれで芸術の本質を衝いているのだろうかという疑念もありそうなところだ。

たとえば、芸術的絵画というものがあって、それを生み出せる画家という人間がいる。その時に、画家とは、売れる絵を描く人であり、絵を売って得た収入で生活する人だという定義をすれば十分なのかどうかだ。仮にその定義でよいとすると、生前のモジリアニは画家ではなかったことになる。彼の絵は、彼の生前にはまったく売れず、その死後に評価を得て売れるようになったのだから。

そう考えていくと、画家もそうだが小説家という概念もまた、ひとつだけの規定ルールでは説明のつかないものだということがわかってくる。すなわち、経済的には確かに、小説家は小説を売って、画家は絵を売って収入を得てもっぱらその金で生活している人、ということになるのだが、そう言っただけではすべてを説明したことにならないのだ。

画家とは、もちろん売れたほうが望ましいのではあるけれど、売れようが売れまいが絵を描きたい人、描かざるを得ない人だという言い方もまた、一面の真実なのである。

そしてそれと同様に、小説家というのも、多く売れればそれは喜ばしいことに違いないが、根本的には売れる売れないには関わりなく、小説を書くことが好きで、書かずにはいられない人だと言うことが可能である。

そういう意味で、小説家とは小説を書かないではいられない人間なのだという規定もまた、一方では成り立つのである。それは、増上慢だと笑われることを覚悟の上で言うのだが、セルバンテスも、アベリャネーダも、私も同じなのである。

というわけで、私は生活のために売文業をしているんだというのも確かに真実ではあるのだが、そのこととは別に、なぜ小説を書くのだろうか、である。私がなぜ書くのかを考えていけば、気がつけば隣にセルバンテスがいることになるだろう。

さて、私はどうしてこんな妙な小説を書き始めてしまったのか。そして、小説の中にこんな風変りなことを書いてしまって、この小説はどうなってしまうのであろうか。

10

私にとって、小説を書くことで得られる喜びは、どうも、世界を創ることであるらしい。すべての小説は、それ自体がひとつの世界であり、現実の世界とは別の、異世界を創出しているのである。

もちろん、小説によって創り出されるひとつひとつの世界の、実に多くが価値の低いゆがんだ世界だという事実はある。下らない小説が提出しているのは、下らない世界である。病気で死んだ恋人が一か月だけ生き返るという世界は、どこか成り立ちにゆがみがある。今日も電車の中でいつもの痴漢が触ってきて、ハッピー♡と女子高生が思っている世界だって創れるが、あまり意味あることだとは思えない。

だがしかし、創出される世界の価値はとりあえず考えないでおく。価値があるかないかは別として、自分の手で世界を創るということの達成感にはものすごいものがあるのだ。あたかもそれは、自分が神になるかのようなことである。私がこのように書き、小説として成立させた時、そういう世界が確固たるものとして出現するのだから。

小説家とはそういう神に近い存在だと言うと、自分の職業をアピールしているようにとられてしまうかもしれないが、私は自己肯定をしようとしているのではない。たとえば、女子中学生がノートの端に短い探偵小説を初めて書いてしまってそれができた時とか、女子中学生が手帳に詩のようなものを、なんとなく書きつけてしまった時に味わう気分のよさの正体が、ひとつの世界を創り出してしまった喜びだと、言いたいのだ。

もちろんのこと、まず世界を創出してしまったならば、次にめざすことはその世界の質を高めることであり、小説家は当然のことながらそれを目標とし、そのために努力を重ねている。私もまた、いつだってもっといいものを書きたいものだと希望している。

しかし、やっぱりできた世界の質にこだわるのは、ものごとの原理を考えているここではやめておこう。

ここで考えているのは、私はなぜ書くか、なのだ。その答えとしては、書くことは世界を創ることで、その楽しさと達成感から離れ難い人間だからこそ、書かずにはいられない、ということだろう。

小説家は世界の創造主である。そして小説家の創造する世界は、時として現実の世界よりも強靭である。今に残る歴史上の偉大な小説たちが、六十億以上の地球上の人間のつまらない現実よりも、はるかに完成された見事な世界であったりする、と言うのは傲慢なことだろうか。

あなたの小姑のことは私にはどうでもよく、それよりもシンデレラの義理の姉のことのほうがはるかに興味深い、と口に出して言うのは遠慮するとしても、心の中で思うのは間違っているのだろうか。

それは間違っている、と言う人もいる。自分が小説家だからって、小説を高く買いかぶりすぎているよ、と。どんなに優れた小説であろうとも、そこに創造されている世界は、地球上のたった一人のつまらない人生より無価値なものだと断言する人もいるだろう。

驚くべきことに、小説を書いて生活している小説家の中にすら、小説は現実の上位に来るものではないのです、と言ってはばからないような人もいるのだ。私たち小説家は現実のわざとゆがめた模写をしているだけなのであり、現実に優ることなどあるはずがないのですよ、などと。

そんな、人間についての生態観察のような話をしたいわけではないのだ、私は。現実に対して礼をつくさず、思い上がって私は偉いとわめき散らしているのでもない。小説とは何なんだろう、という話に謙遜の美徳のことを持ち込まないでもらいたい。

小説は世界を創出する、そこが小説の価値だと言いたいだけである。そんな面白いことを、せずにはいられないというのが小説家であり、だから私は書いているのだ。

疑いなく、セルバンテスも私と同じである。そして、一度はセルバンテスから、ドン・キホーテを盗んで自分のものにしようとしたアベリャネーダも、そういう書かざるを得ない人間だった。

そんなことを考えているうちに、私にはあるプランが思い浮かんだのだ。

では、この私がもう一度、ドン・キホーテを盗んでみるということも可能だということになる。ドン・キホーテだけでなく、セルバンテスも、アベリャネーダも私の創る世界に閉じ込めてしまうことができるのだ。

そういう世界を、私の手で堅牢に創ってしまえば、古典文学『ドン・キホーテ』は私の作品の一部分になってしまうのだ。とんでもないことを考えたようだが、それができるのが小説というものなのである。

私に対して、小説は現実より下位にあるゆがんだ模写にすぎませんよと言った何も気がついていない小説家には、思いもよらない考え方であろう。

だが私は、小説を書くということの恐るべき力を自覚している人間だからこそ、そのとんでもない小説を創り上げなければならないのだ。そう考えた時私は、自分が何のために小説家になったかの答えを、やっと知り得たのだと思った。

やるしかないのである。ドン・キホーテとセルバンテスを、盗りに行こう。


（つづく）

これを読んだ私の感想は、この人は一体何を書きだしたんだ、であった。小説の中に自分を出すという手がないことはないが、この小説でそんなことをなぜやる。小説が破綻しているどころか、空中分解しかかっているではないか。

西泉貴嗣という作家は、ひょっとしたら壊れかけているのではないか、というのが私の直感的な見方であった。

第4章

崩壊してしまっている小説を書き続けるのは困難だという当然の真理

西泉は私に対して、深い恨みでも抱いているのだろうか、という気がしてきた。そうだとすれば迷惑な話なのだが。

たった一度だけ対談をした日の、酒の席でのやりとりをいつまでも根に持っているのかもしれない。その席ではただ小説観を話し合っただけなのだから、特に恨まれるいわれはないのだが、こっちが彼のことをいやな感じの男だな、と思った事実はあるわけで、ということはむこうも同じような印象を持ったとしても不思議はない。ただ意見が食い違っただけのことを、喧嘩でも売られたように感じて、いつか思い知らせてやるとでも思ったのか。

あの席の話の中で、自分が次なるドン・キホーテを書けば、そのドン・キホーテがこれまでのすべてを消して絶対の存在になるのだというようなことを、西泉は言った。そこで私は、そこまで言うかとあきれた顔をして、真面目に取りあわないようにしたものだ。

それが、西泉には気に入らなかったのかもしれない。できもしない大きなことを口にする男だと見くびられたように感じ、敵愾心を燃やした。だからこそ『贋作者アベリャネーダ』という小説を書く気になったのかも。

その証拠のひとつが、そうつきあいが深いわけでもないのに、その小説の連載を始めてすぐ私にくれたはがきだ。

例のあれを書き始めましたぞ、という内容のあのはがきこそが私への挑戦状だったのかもしれない。あんなものを送りつけてきたのは、おれにはこれが書けるのだという雄叫びだったのだろう。

そしてそれだけではない。連載小説の三回目で、西泉の小説は奇妙にねじくれ始め、どう考えても必要なことだとは思えないのに作者自身の話が始まる。私はなぜこの小説を書いているのか、ということをその小説の中で作者が語りだすのだから、その時点で小説は崩壊してしまう。

その、壊れた語りの中に、私についての言及がある。どう考えても私のことだとしか思えない作家が出てくるのだ。

「小説を書いて生活している小説家の中にすら、小説は現実の上位に来るものではないのです、と言ってはばからないような人もいるのだ」

あの時の二人のやりとりがこんな形で出てくるのだ。これはもう滅茶苦茶ではないか。西泉は私怨を晴らすために書いているのか。そんなことをしたら、もうそれは小説ではなくなってしまうというのに。

「私に対して、小説は現実より下位にあるゆがんだ模写にすぎませんよと言った何も気がついていない小説家には、思いもよらない考え方であろう」

私には、彼にそんなことを言った覚えはない。彼が、小説家が書くという行為は崇高なもので、書けば現実を生み出せるのだ、というおかしなことを口走るので、現実が先にあって小説はそれを表現するものでしょうと、あたり前のことを言っただけだ。

しかし、彼が私のことを脳裏に置いてこう書いているというのは、おそらく間違いないであろう。はがきでは私に対して、ご期待あれ、というようなことを書いてきて、一方小説の中では、愚かな作家よ、という悪態をつくのだ。

なんだかわからなくなってきてしまった。

ひょっとして西泉の大いに非常識なそのやり方は、ものすごく高度な計算によるものだなんてこと、あるのだろうか。

書いている小説の中に、作者が出てきて創作の動機を説明しだす。それどころか、他の小説家のことをけなしたりする。それは普通に考えれば、ありえないやり方である。書いているのはエッセイではなくて小説なのだから。

しかし、もしかして西泉は、そこまではわかった上であえてやっているのかもしれない。なぜ私はこれを書いているのかまでを、小説の中に取り込んでしまう意図を持って。

なぜなら、書いている小説が、『ドン・キホーテ』という小説にまつわるものだからである。セルバンテスはなぜ、そしてどのように、あの小説を書いたのか、だ。それに加えて、贋作者アベリャネーダは、なぜ贋の続篇を書いたのかにも迫ろうとしている。

『ドン・キホーテ』という小説が、実は小説というものへのパロディであって、そのことに重大な価値がある、ということは私が既に述べた。あれは小説を笑いのめす小説なのだ。そういう小説について考えていけば、ところで私は今なぜこれを書いているのかまで問われて当然だというのだろうか。

もしそうだとしたら、西泉の壊れかけている小説が、がぜん興味深いものになってくるのだが。

更に深読みすればこんなことも言えるかもしれない。

贋作者アベリャネーダは、理由は不明だがセルバンテスに恨みを抱く者らしい。つまりある作家への憎しみから、小説とはこう書くものだと、挑戦状を叩きつけるように贋作を書いたと思われる。出来たものの価値はともかく、書いた動機はそこにあったらしい。

とすれば、西泉が自分の小説の中に、これを書くのは、ある愚かな小説家に真の小説にはどんな力があるのかをわからせるためだ、と書くのは、『贋作ドン・キホーテ』と同じ構造を持っていることになる。二人の小説家の反目から、作品が生み出されるのだからだ。

そこまで考えて西泉が、普通に考えれば滅茶苦茶と言うしかない書き方をしているのだとすれば、この先どうなっていくかに興味がわいてくる。一見破綻しかかっているように見える西泉の小説は、信じられないような力技でとんでもない地平にまで突き抜けるのだろうか。もしそうだとしたら目がはなせないのだが。

正直なところ、私の予想としては、そんなふうな注目作になる可能性は十のうち一か二というところで、十中八九この小説は失敗するだろうなと思うのだが、ひょっとしたら、という期待は捨てきれず、次回にはどうなるのかとついつい待ち望むような心理になってしまうのだった。その意味では、熱心な読者になっていたと言えるかもしれない。

＊　＊　＊

ところで、「つくま」に連載中の西泉貴嗣の小説が気になりだしたとは言うものの、それだけに気を取られていたわけでないのは当然のことだ。私は私で、ありがたいことに週に一日休めるぐらいでほとんどとぎれることなく書かなきゃいけないだけの、執筆依頼の来る小説家をやっているのだ。仕事の約半分が、本業である小説を書くことであり、あとの半分が、雑学エッセイだったり、時事ネタの単発エッセイだったりするのだが。その状況を飾ることなく説明すれば、私もひと頃よりは小説の新作を期待される小説家ではなくなってきたのだが、だんだんと年の功というやつのせいで、教育や国語や雑学についてのエッセイを求められるようになってきたのだ。そしてそういうエッセイを書き続けているせいで、完全に忘れられることもなく、ちょうどいい程度の小説も求められるわけだ。自分としては程よい仕事ぶりかなと思っている。

そういう次第で、私はもう半年ほど、ある新聞連載小説を書いているのだった。新聞連載小説は、小説雑誌に書くよりは原稿料がよくて、ありがたいものなのである。

新聞連載小説って大変でしょう、と私に言う人がいる。毎日毎日が締切りで、気の安まる時がないでしょう、というわけだ。自分がなんとしてでも書かなければ、紙面に空白の欄ができてしまうのだからプレッシャーが大きいでしょうね、と。

しかし、私はそんなきわどい仕事のしかたはしない。毎日、一回分ずつの原稿を書いて入稿するなんて、ストレスで胃がボロボロになりそうではないか。

確かに、昔はそういう無頼派の作家がいたものだという伝説は耳にしている。毎日夜中に、一回分の原稿三枚を書いて、編集者に渡すのだ。昔のことだから、ファクスもなくて編集者は作家の家に張り込んで待ったのだそうだ。もらった原稿をさし絵画家に読ませる時間もないから、画家は静物とか、雑貨などの絵でムードだけ出してごまかす。そんな小説家が時に逃亡したりして、やむなく休載になったりすることもあったそうだ。どう考えても神経がおかしくなるような働き方だ。

私は新聞連載小説を、十回分ずつまとめて入稿するようにしている。一日、十一日、二十一日と、一のつく日に十回分ずつ入れるのだ。最近は新聞小説の一回分が短くなってきて二・五枚だから、十日ごとに二十五枚書くわけだ。それならばそう苦しくもない。

そして私は、可能な限りコンスタントに働くようにしている。締切り日には余裕を持たせて、三週間分くらい先行して書きためるようにするのだ。時には新聞休刊日があったり、正月があって何日か新聞のない日があったりしても、とにかく一のつく日には十回分入稿する。その積み重ねで、約一カ月分くらい書きためのある状況になっているのだ。

だからこそ、急遽取材する必要が出てきたりしても、心置きなく取材旅行ができる。

今年のまだ寒さの厳しい頃、私は東北の小さな市へ取材旅行をした。三泊四日でその市のことをいろいろ調べ、ついでに温泉でくつろごう、という旅だ。

中学一年生の息子が不登校になり、やがてはリストカットを繰り返したりするのを見かねて、サラリーマンである父親が、会社をやめて郷里に帰って藁苞《わらづと》納豆屋になる、という新聞小説のための取材だった。

私はそういう旅行に、マネージャー役をしてもらっている家人を伴う男である。そして、子なしの夫婦なのだから、二人で出かけてしまえば家は無人になる。ほかの仕事は旅先に持ち込まず、携帯電話の番号はほとんど誰にも教えてないので、取材だけに専念できるのだ。

ところが、そのせいで旅行から帰ってから、留守番電話をチェックするのが大変だ。ほんの三、四日の留守で、メッセージが十件以上入っていたりするのだ。

旅行から帰って、メモ帳を片手にそういうチェックをしていくと、思いもかけない録音が入っていた。

「小説家の西泉貴嗣です。ご無沙汰をしています。えーとですね、ちょっとお尋ねしたいことがあってお電話したのですが、あの、質問です。私に、お電話を下さったでしょうか。つまり、二度ばかりお電話をいただいたような気がするのですが、私、日中の電話には出ないようにしているので、留守電メッセージになっているわけです。で、なんかよくわからない変なことが吹き込まれているんですけど、そちらに心当たりはありますか。もしあるのなら、どういう用件なのかわからないので、ちゃんと説明していただきたいと思うんですが。どうも、その必要があると思うんです。そうしないと、仕事に専念できないものですから。そういうことでひとつよろしくお願いします」

思わず、なんだこれは、と言ってしまった。なんだかいやな誤解がありそうだ、という気がしたのだ。

私が西泉の家に電話をかけたという事実はなかった。話さなければならない用件なんてないし、第一彼のところの電話番号も知らないのだ。まあそれは、文芸年鑑などを見れば調べられるが（西泉は私のところの番号をそういうもので調べたのだろう）、意味不明の録音などするはずがないではないか。よくわからない変なことを吹き込むとは、どういうことなのか。

私は直感的に、わずらわしいトラブルがあるようだな、と思った。西泉の言葉の調子には、明らかに迷惑そうな、怒りのニュアンスがあったのだ。

どうしたものか、と思ったが、調べて一度連絡を取ってみるしかないところだろう。誤解があるなら晴らすしかない。

この上なくわずらわしい気がした。あの人、ちょっとおかしくなってるんじゃないのか、とも思った。

ところが、そんな気分で更に留守番電話をチェックしていくと、前の録音から四件あとで、次の日の分にまたしても彼からのメッセージが入っていたのだ。

「小説家の西泉貴嗣です。えーと、昨日、質問のメッセージを入れさせていただきましたが、あれについてはお忘れ下さい。私の思い違いがありまして、お電話はいただいてないことがはっきりしたのです。申しわけないと反省しています。変な電話はどうも、別の人からのようなんです。ですから、前の電話の件は取り消させて下さい。いや、ご迷惑をおかけしました。どうもその、このところいろいろと心労もあって、疲れから判断ミスをしたようです。ですから何もなかったことにさせて下さい。いやほんとのところ、恥かしく思っています。ご迷惑をおかけしました。お許し下さい。どうも」

こっちは、なんだかしどろもどろな感じのメッセージであった。

何を一人でとち狂っているんだ、と私は思った。どうやら調べて連絡を入れる必要はなさそうだということになって、その点ではホッとしたが、私についてどういう思い違いをしたのかは気になった。

この人は、どうも少し変になってきてないか、という気がしきりにした。

＊　＊　＊

それ以上に面倒なことは幸いおこらなかった。あの件は忘れて下さいと言われたのだから、私のほうから何かアクションをおこす必要はないのだ。西泉からはその後電話もなく、私もその出来事を忘れかけていた。

そうしているうちに、また月の半ばをすぎて、各種の雑誌が郵便受けの中に毎日のように届く頃になった。小説雑誌の発行日が毎月二十日頃に集中しているので、その頃になると郵便受けの底が抜けやしないかと心配するほど何冊も、郵便局が紐で束ねたりした状態で届くのだ。

そして、そういう中に、つくま書房のPR誌の「つくま」があった。

私は最近、まずその薄めの冊子を封筒から出し、ペラペラとページをめくってあの小説を捜してみる習慣になっていた。私のことをさすらしき愚かな小説家も出てくる、西泉の危っかしい小説をつい気にしてしまうのだ。

ペラペラとめくっていって、目的のものを見つけないまま、最終ページまできてしまった。見落としたかと、もう一度捜す。でも見つからない。

そこで初めて、目次にきっちりと目を通してみた。

目次のどこにも、『贋作者アベリャネーダ』第四回　西泉貴嗣　という記載はなかった。

何か想定外のことがあったのは確実だった。西泉の小説は連載中であり、まだ三回分掲載されただけで、先月号の第三回分の終りのところには、（つづく）の文字があったのだから。それが何のことわりもなくいきなり消えてしまうのはまともな事態ではない。

私はその冊子の、最後の広告ページは別としての最終ページを開いてみた。そこには、「編集室から」という、編集人の手になる小さなコラムがある。

その中に、終りがけにさりげなく、という風情でこういう一文があった。

★西泉貴嗣『贋作者アベリャネーダ』は作者急病のため、休載です。

ああ、やっぱりそういうことになったか、と私は思った。そして、こうなることはなんとなくわかっていたような気がした。

「作者急病のため休載」というのは、小説雑誌などでまれにあることである。そして、この業界の人間ならよく知っていることだが、そのケースで、その作者が本当に急病であることはそうない。

そういう場合のほとんどが、作者が原稿を完成させられなかった、という事情なのだ。それをこの業界では「原稿を落とす」という。原稿を落とす(約束通りに書けなかった)のは、編集部に多大な迷惑をかけることであり、プロの書き手としては犯してはならない失態である。ギリギリになって、どうしても書けません、と泣き事を言ったり、白ばくれて逃亡したりすれば、空白になってしまうページを何かで埋めなければならない編集者は蒼白になる。いずれ掲載してみてもいいなと思っていた別の書き手の原稿が手元にあったりするならそれを載せればいいが、そんな都合のいいものはそうないのだから。

急遽、別の作家とか、エッセイストとかに、一日で何か書いて下さいと頼み込んだりしなければならない。それが無理だということになると、無名のマンガ家の四コママンガで四ページを埋めたりすることもある。冊子の中でそのページだけがトーンが違っていて異様なことが多い。

私なども、駆け出しの頃は小説雑誌からふいに、明日までに三十枚の短編を頼みます、と言われて、駆け出しだから必死に書いたものだが、その時どの大家が落としちゃったのかな、と想像したものだ。

とにかく、そういう大迷惑をかけてしまうのだから、プロは原稿を落とすことだけはしちゃいけないのだ。

なのに、西泉はその大失態を演じてしまったようなのだ。

彼には、自分が書き始めてしまったあの小説が、手におえなくなったのかもしれない、と私は思った。あの留守番電話のことといい、どうも様子がおかしくなっているのだから。

＊　＊　＊

このことを正直に告白するのは、自分の人間性の醜さを暴露するようで気がすすまないのだが、やはりちゃんと言っておくことにしよう。

私は、「つくま」に西泉貴嗣の『贋作者アベリャネーダ』が載っていなくて、作者急病のためと断ってはあるがおそらくそれは嘘で、西泉があの小説に行き詰まって書けなくなったのに違いないと思った時、よしよし、いいぞ、という気がしたことを認める。連載中の小説の原稿を落とすというのは、作家にとって恥ずべき失態と言うしかないのだが、ひとがそんなことをしでかしたと知って、さもありなんとうなずいたのだ。

ざまあ見ろ、とまで意地悪な言葉を投げかける気はない。だが、ひとつ気懸りなことが消えたような、ホッとした気分になったことはちゃんと認めよう。

どうしてそんなふうに思ったのか。私はそんなにあの西泉という男を嫌っているのか。そうではないのだ。もし西泉が書いているのがあの小説ではなくて、テーマも内容も違う別の小説ならば、書くのに行き詰まっているらしいと知って、やれやれよかった、などと思いはしない。彼が書いている小説が、セルバンテスの『ドン・キホーテ』にまつわるものだからこそ、どうもそれは彼の手におえなかったらしいと思うと、ついほおの肉がゆるんでしまうのだった。

まるで、一人の同じ女性に恋をしている二人の男のようである。その女性に彼がプロポーズしたと知って、私は気が気でなかったのだ。だからこそ、彼のプロポーズは受け入れられなかったようだと知って、気の毒ではあるが私にとってはよかった、と感じてしまうのだ。

『ドン・キホーテ』という小説は、私にとって長らく気になってしかたがないものだった。小説を書く人間として、『ドン・キホーテ』のような作品こそ、いつかは書いてみたい究極の目標だと感じていたのだ。世界文学史に残る古典名作に対して、そんな野望を持っているなんて、ひとに話したことはないのだけれど。

私が『ドン・キホーテ』にとりわけ気を引かれるのは、その小説がパロディだからである。セルバンテスは騎士道物語のパロディとしてそれを書き、世のすべての騎士道物語を粉砕してしまったのだ。そして『ドン・キホーテ』は騎士道物語であることを突き抜けて、人間の悲劇を紙の上に固定するところにまで達している。物語のパロディであることによって、物語としての価値を獲得している奇跡的な文学でもある。

そんなすごい物語を書いたセルバンテスと、自分とをあどけなく対比させるほど私は傲慢ではないが、いつかは自分もあんなことに挑戦してみたいものだと目標にすることぐらいは認めてもらえるだろう。

私は、そうではないものも書くが、自分の仕事の中心にあるのはパロディだと考えている作家だ。デビューした当初、いくらかは注目された作品は、広く言えばパロディに分類されるものだった。つまり先行作品をふまえて、それをひっくり返していくことで、新しい価値を生み出そうとするタイプの作品だったということだ。

私はどうも、人間が文学という楽しみを持っていることが好もしくてたまらないという男なのだ。そんなふうに文学そのものを敬愛している。

だからこそ、既存の文学作品ににじり寄って、裏返したり、逆さまにしてみたりすることで新しい何かを創ろうとするパロディという手法に大きな可能性を感じているのだ。パロディとは先行の文学を愛するからこそ生み出されるもので、文学史を継承し、発展させるものではないか、と考えている。

そう考えてみた時、そういうパロディの最も優れた見本が『ドン・キホーテ』であると思えるのだ。だから私はその物語に憧れの気持を抱いていた。

そして、いつかはこれに挑戦したいと無謀な夢を持ち続けていたのだ。つまり、『ドン・キホーテ』のパロディを書いてみたいという夢だ。もともとパロディであるあの物語をもう一度パロディにすることで、ほんの少しでも、あの文学性を継承できないだろうかと思っていたのだ。

きっと名作が生まれる、とまで自信があるわけではない。ただ、自分なりの最終目標のようなものに感じていただけだ。

ところが、西泉貴嗣が『贋作者アベリャネーダ』の連載を始めてしまい、私は先を越されたと内心焦ったのだった。小説とは、別に誰かがよく似たテーマで書いたからといって、もうこのテーマは使用禁止、となるものではない。だから、私以外の作家が『ドン・キホーテ』のパロディを書いたって、それとは別に、自分も書きたいなら書けばいいわけだ。

しかし、そうは言っても、いつかは書きたいものだと思っていたテーマで、他の作家が先に書き始めたのを見るのは心穏やかではいられないものである。そういう理由もあって、私は西泉の小説に注目していたのだ。

そして、意地が悪いようだが、彼がその小説に悪戦苦闘しているらしいのを感じ取って、少しホッとしているのである。

西泉という作家とどうもウマが合わない、というのは別のこととして、私が彼を気にしているのにはそういうわけもあるのだと、ここではっきりさせておく。

彼が知るよしもないことだが、私にしてみれば、私たち二人は『ドン・キホーテ』という物語をめぐってのライバル関係にあるのだ。

＊　　＊　　＊

ところで、私は少しばかり勘違いをしていた。自分も作家をやっていて、どうしてそんな錯覚をするのかと、自分のうかつさにあきれてしまうのだが。

つまり、「つくま」の最新号が送られてきて、その号に西泉の連載小説が載っていないと知った時、こうなると一カ月後が彼の正念場になるな、と思ったのだ。どうしても締切りの日までに連載小説の一回分が書けなくて、作者急病ということで一回は乗り切ったとしても、それは二回続けられることではないのだから。一カ月後には、どんなに苦しくたってその小説をなんとか書き継ぐしかないのである。それができないのならば、異例のことではあるが、連載中止ということになるしかない。小説家としてこの上なく不名誉なことなのだが、この人にこの小説は書きあげられないものだったということになり、中断の措置を受け、あれはなかったことにしよう、とされるのだ。作家としてほとんど失格である。以後その出版社とは関係が途絶されるかもしれないぐらいのことだ。

急病ということで一回穴をあければ、その一カ月後が絶体絶命のピンチになる。はたして西泉は、そんな追いつめられた状態でこのむずかしい小説を書き継ぐことができるのだろうか。ふいに自分のことを語りだすというまともではない展開を見せ始めたこの小説を彼ははたして書き続けられるのか。

この先一カ月は彼にとってある種の地獄かもしれない、なんて私は考えていたのだ。

しかし、私の思い違いがすぐに明らかになってきた。

「つくま」の最新号が届いて、西泉の小説が休載になっていることに複雑な思いを抱いたその二日後に、私は思いがけないはがきを受け取ったのだ。

官製はがきだった。そしてその表面に、私へのあて名書きがあるだけで、差出人の署名はなしである。やや異例なことに、官製はがきなのだから切手を張る必要はないのだが、五十円払ってあることを示す切手に似たデザインのすぐ下に、二百七十円の切手が張ってあった。そして、郵便番号を記入する斗《マス》の上に、乱暴に赤い太い線が引かれ、速達、の文字があった。つまり、速達のはがきだったのである。

その、無署名のはがきの文面は次のようなものであった。かなりの勢いで書きなぐったものらしく、文字は大きく乱れていた。

「小説を書く妨害をするのはやめたまえ。どんなに妨害しても、私は文学史に残る大傑作を書いてしまうのだ。ちょろちょろしないでくれ。嫉妬。見苦しいじゃないかね、嫉妬にかられて邪魔をするなんて。これ以上私の邪魔をするようなら、小説の神が貴様に天罰を下すだろう。だから、邪魔はやめろ。すぐやめるんだ」

読んですぐに、西泉貴嗣から来たはがきに違いないと思った。こんなはがきを出すほどに、彼は追いつめられ、おかしくなっているのだ。

もちろん私は、以前に西泉からもらったはがき、それは私製はがきで、あの小説に取り組んでいますよということが書かれ、ちゃんと署名もあるものを出して、見くらべてみた。新しく来たはがきのほうが文字が乱れ、なんだかすごい勢いで書きなぐったもののように見えたが、同じ人物の筆跡と見てまず間違いないという印象を得た。

この人は追いつめられておかしくなっているのだ、と思った。このはがきはもう、まともな精神状態ではなくなっていることの何よりの証拠である。おれが小説を書こうとするのを邪魔するな、とわめいているのだから。私が、どうやって彼の執筆の邪魔をしていると言うのだろう。

正直言って、少し気味の悪いものだった。同業者である作家から、まともとは思えないののしりのはがきをもらうのだから、こわい。何かとんでもない行動に出るんじゃないだろうなと不安にもなる。

そして、そもそも西泉は、あの小説を書き始めた時から変に私を意識していて、言動が変だったという気がした。あまり親しくもしていないのに、あれを書き始めましたよ、と私にはがきでしらせてきたのがそもそも変である。なんだかまるで挑戦状のようだった。

私はそこまで考えて、あの時私が出した返事のはがきがよくなかったのか、と思い至ってヒヤリとした。あの時私は、そんなむずかしいものが書けるのでしょうか、注目していますよ、というような内容の返事を出したのだ。そんなつもりはなかったのだが、あれが彼へのプレッシャーになっているのかもしれない。

そのプレッシャーで彼はだんだん書けなくなり、書けないことの原因はすべて私にあると思っちゃっているのではないか。

だから小説の中に、私らしき作家を出してののしるのだ。そして、何か私が彼の執筆を妨害しているかのような妄想にとらわれ始めているのではないか。

留守番電話のことも、考えてみればかなり不審な行動である。あの頃から、彼は被害妄想でおかしな具合になっているのかもしれない。

そこまで追いつめられているのかもしれないぞ、と私は想像し、そこでようやく自分の思い違いに気がついた。

西泉は一カ月後が正念場なのではなく、今まさにギリギリのところに追いつめられているのだ。「つくま」の最新号が二日前に届いたとは言うものの、その雑誌に彼が原稿を落としたのは一カ月ほど前のことなのだから。

原稿の締め切りがあってから、約一月後にその雑誌は刊行されるのだ。作家をやっていながら、どうしてそのことを錯覚していたのだろう。西泉は今現在、「つくま」の次の号の締切りに苦しめられているのだ。そしておそらく、うまく書けなくて悩んでいるのに違いない。

そのせいで一種のパニック状態になっているのだ。

私に、速達のはがきを出したのは、そんなパニックの中でのことなのだ。

＊　＊　＊

そしてまたその三日後のことだった。思いがけない相手から電話をもらった。

「私、つくま書房の『つくま』というPR誌の編集をしております、桜井と申しますが、先生に少しご相談したいことがございまして」

初めてきく男性の声だった。私は、これまでつくま書房とは、PR誌を送ってもらうばかりで、仕事で関係したことはなかったのだ。

しかしまあ、業界の人だというので、丁重には対応する。

「はい。どういったご用件でしょうか」

「それがあの、少し事情がこみ入っていまして、電話ではご説明できないのです。お忙しいこととは重々承知しておりますが、お時間を取っていただいて、ご相談に乗っていただくわけにはいかないでしょうか」

この時、なんとなく私には予感が働いた。この電話はどうも、うちに何かを書いてもらいたいというような、通常の連絡とは別物のようである。相手の口ぶりの中に困惑の色があるのがそう思う根拠だ。

西泉に関連したことではないだろうか、と私は思った。

「何か、ややこしい問題があるんですか」

「はい、あの、本当は先生には関わりのない問題でして、こんなふうに巻き込んでしまったり、お手をわずらわせるようなことは大変心苦しいと思うのですが、少しその事情がありまして、先生のお考えをきかないのもそれはまたトラブルの元であろうかと判断しているのです」

「なんだか、急を要するお話のようですね」

桜井という編集者は、大いに恐縮しながらも、できるだけ早く事情を説明したいと言うのだった。

そこで、その翌日に家へ来てもらって、どういう事情なのかをきくことにした。相手が何か仕事上のトラブルを抱えて困りきっている様子なのが感じられたからである。

翌日の午後二時に、桜井はやってきた。初対面なのだから、どうもどうもと言いつつ名刺の交換をした。

「本当にお忙しいところを申し訳ございません。前々から先生にはぜひ一度うちでお仕事をしていただきたいと思っておりまして、お目にかかることを希望していたのですが、はからずもあわただしくお訪ねすることになってしまいました。それで、今回ご相談したいことというのは、先生にご迷惑がかかってしまいそうな事情が持ちあがりまして、それについてのお考えをおうかがいしようということでございます」

お堅い会社の、真面目なばかりの男という印象だった。

「私が迷惑するんですか」

「はい。そういうことがあってはならないというので、こうして押しかけた次第です。先生はあの、うちが出しているPR誌の『つくま』というのをご存じでしょうか」

「知ってます。毎月送ってもらっていて、目を通しています」

「それは、恐縮です。それではあの、その『つくま』で、西泉貴嗣先生の小説が連載されていることも、あるいはご存じかもしれませんが……」

やっぱりそのことだ、と思い、想像が当たっていたせいで少し余裕の態度になった。

「知ってますよ。と言うか、面白くなりそうなんで毎月読んでます。西泉さんとは一度だけだけども面識もあって」

「そうですか。読んでいただいているならば話がわかりやすいのですが」

「でも、つい最近送ってもらった最新号では、あの小説、作者の急病ってことでお休みでしたよね」

「そうなんです。あの、こういうことはあまりよそ様にもらしてもいけないことかとは思うのですが、急病というのは方便でして、実際には原稿が間に合わなかったという事情なんですが」

ひとのことだから、私はゆったりと笑っていられる。

「西泉さんが落としちゃったわけだよね。まあ、いつ自分がやるかもしれないことで、同情するばかりだけど」

「そんなわけで先月号では休載となったわけですが、一昨日の深夜に、実は約束の締切り日を何日か過ぎたギリギリのタイミングで、今月分の原稿が入稿されまして」

「ああ、よかったですね。次の月にはちゃんと書きあげられたんだ」

しかし、そこで桜井はますます困りはてたような顔をした。

「ところがですね、その西泉先生の原稿を、はたして掲載していいものかどうか、困惑するような内容なんです。それであのこうして突然おうかがいしているんですが、あの、はっきりと申しあげるしかないですね。今月号分の西泉先生の原稿の中に、先生らしき人物が出てくるのです」

「それって、小説の中に私が出てくるってことですか」

「はっきりと名ざしはしてございません。しかし、ある小説家が出てきまして、過去にこういう作品を書いている、というような説明がありまして、どう考えても先生のことのように読めるんです」

「その作家が、小説の中で悪役をやらされているんですね」

私はなるべく余裕の口調でそう言った。

「悪役、ということではないのかもしれませんが、その小説の成立を妨害する人物という役まわりなんです。それであの、真の小説ってものがわからない俗物作家、のような書かれ方でもあるわけです。困ってしまいました。そういう小説を、そのまま発表してよいかどうかです。多くの読者に、この人物はあの人のことだな、とわかるであろう書き方なのですから。それで、考えました結果、これを載せるか載せないかは、先生にご判断していただくしかないとなりまして、このように突然おじゃました次第です」

桜井はそう言って深々と頭を下げた。

第5章

小説には何を書いてもいいが、何を書いても小説になるわけではないという示唆に富んだ事実

西泉が私のことをどう小説の中に書いているのか、まずは読ませてもらうところだった。そのためにこの編集者はわざわざ来ているのだし。

「その原稿はゲラになっているんですか」

と私はきいた。

「そうです。西泉先生の原稿はメールで、データとして入稿されるのですが、それを掲載時の様式にゲラにしたものを持ってきています」

データをメールで入稿するという今風の作家だったのか、あの情緒不安定男は。未だに手書きで原稿を作成し、ファクスで入稿している私には、どんなふうにやるものなのか想像もつかないのだが。

「校閲が疑問の点に書き込みや、疑問符をつけていまして、少し読みにくいかもしれませんが、西泉先生のゲラチェックを受ける前のものです。ですから、西泉先生の直しなどは入

っていません」

「とりあえず拝見しましょう」

桜井から手渡されたゲラに、私は目を通していった。校閲の手が入ったゲラである。自分の原稿をその状態で見て、チェックするのは日常的に経験していることだから、見慣れたものである。

ただ、校閲の人にところどころ、これはこう書いたほうがわかりやすいのでは、とか、これは正しくはこうではありませんか、という鉛筆の書き込みを入れられているゲラ刷りを見て、私がほのかに親近感を覚えたことは言っておくべきかもしれない。ほかの作家もやっぱりこういううるさい指摘をされているのかと、少し同情し、仲間意識を持ったのだ。というのは、自分の原稿にあれこれ注文をつけられ、時には誤りを指摘されるというのは、つい憮然としてしまうようなことだからである。誤りを指摘されるからこそ、世の人の目に触れる前に訂正できるのだ、とは言うものの、いっぱい書き込みのあるゲラを見るのはなんだか気分のいいことではないのだ。うるさくあげ足をとられているような気がして、時にはムッとしたりする。

西泉の書いたものにもそういう書き込みがあるのを見て、やっぱりみんなそうなのか、という親しみを覚えた。

その小説は、次のようなものだった。ただ、ここに引用するにあたって、校閲の書き込みまでを再現することはあるまい。そういう書き込みの指摘のうち、明らかに西泉の書き違えとか、字の間違いだけを修正して、ここに引用してみる。

贋作者アベリャネーダ　第四回

西泉貴嗣

11

しかし、私のやろうとしていることには、思いがけない妨害が入るのであった。私が書こうとすると、それを邪魔しようとする人間がいるのだ。

小説家はなぜ小説を書くのだろうか、ということを題材にしているこの小説の中では、小説家の不思議な性向のことも取りあげざるを得ない。事実をはばかることなく言ってしまえば、小説家というのは実に病的にゆがんでいるのだ。あるいはそういうゆがみこそが、彼が小説を書くことのできる根本の理由なのかもしれないという気がするほどである。

小説を書こうとする人間は、嫉妬心が強い。ほかの誰とくらべても、自分の書くものがいちばん優れていて価値があると、本気で思っているし、そう思っていないと何も書けなくなってしまうほど繊細で傷つきやすくもあるのだ。ストレートに言うならば、小説家とはこの世で唯一自分だけを認め、自分以外に真の小説家はいないと考えているのだ。そういう、常識的に考えてみれば少しおかしいと断じざるを得ないような、肥大した自意識から小説は生み出されるのである。

もちろん、今に残る文学史上の作品たちも、もとはと言えばそういう、自己肥大、もしくは嫉妬のあまりの、おれが一番だというわめきのようなものの中から生まれたものだ。

セルバンテスだってもちろん、そうである。あの、糞度胸だけはある元軍人の、片腕がきかなくなったり、奴隷になったりした、生きのびることに特異なまでの能力を持つ怪人は、書いてもうまくいかず、仕事についてもうまくいかず、世の中をなめきっているから不正も平気で犯し、真の天才的犯罪者ではないからしばしば投獄され、つまりはまあ思うように生きられない不満で世の中を呪うばかりだったのだ。

そして嫉妬が彼にバカ力を出させた。こういうものが世間では喜ばれ、大いにもてはやされているのかと数々の騎士道物語を読んでみて、これが面白くてなぜ私の書くものは面白くないのだと、怒りで何も見えなくなってしまったのだ。だからこそ、ただこれまでの騎士道物語をののしるだけのために、彼はとんでもないエネルギーを傾けて『ドン・キホーテ』を書いた。あの小説の成功のもとは、ひとえにセルバンテスの不遇から来る怒りだったのだ。

そんなもののどこがいいのだ、この私の真の知恵を見ておののけ、というのがあの物語のメッセージにほかならない。私は、『ドン・キホーテ』の文学的価値を否定しているのではない。ただ、あの根底にあるのは嫉妬ゆえの怒りだと分析してみせるだけだ。

そうしたら次には、『ドン・キホーテ』の成功に嫉妬したおかしな奴が出てきてしまったのだ。我らが贋作者アベリャネーダがその人である。

セルバンテスに恨みを抱く宗教家の、本名はつまびらかでない自称アベリャネーダは、とにかくセルバンテスの成功が気にくわなかったのだ。不道徳な話であってけしからんとか、神に対して不遜であるところが許せないなどと彼はセルバンテスをののしるが、本当のところはそんなことはどうでもいいのである。ただもう、恨みのあるセルバンテスが世間にちやほやされているのが面白くないばかりなのである。

その嫉妬が、彼に、『ドン・キホーテ』の贋の続篇を書かせたのだ。文学史とは嫉妬の継承ではないのか、という気がする所以である。小説書きとは、そんな病的な人間ばかりなのである。

というわけで、私がこの『ドン・キホーテ』を含み込んでしまうという壮大な野望を秘めた小説を、ここにこうして連載している事実は、ある種の小説家の嫉妬心を大いに刺激してしまうのだ。

それは私も書こうとしていたものなのに、とか、それをうまく書かれてしまっては私の立場がなくなるとか、そのテーマでその書きぶりではうまくゆくまいとか、反対に、そこまでうまく書かれてしまってはもうあとに何も残らないとか、すぐさまやめろ、それ以上は書かないでくれという、嫉妬ゆえの呪いの念が渦巻くということになるのだ。

信じ難いことであろうか。あるいは読者の中には、作家って、よその作家のことをそんなに気にしているでしょうか、と言う人さえいるかもしれない。小説を書くというのはたった一人の孤独な作業で、ひとのことなんかどうだっていいのではないですか、と。

いやいや、すべての小説家は、自分こそが最高であり、ほかの作家はすべてクズだと思っているのである。そしてそんなクズのことを実は何よりも気にかけ、ビクビクしているのだ。

嘘だと思うならたとえば、誰でもいいが小説家に、去年二百万部も売れて大ベストセラーになった小説のことをきいてみるといい。あの話題作をどう評価なさいますか、と。

小説家ならば、必ずこんなふうに答えるだろう。これには例外はないと思う。

「確かに売れそうな話ではあります」

売れたことは認めるが価値は認めないと言っているのだ。

「あれは素人がいちばんひっかかってしまう物語なんだよね」などと言うこともある。

俗人の通俗性に好まれる下らない物語だと言っているにすぎない。たとえば五千部しか売れない純文学作品を書いている作家ならば、二百万部売れてしまう大衆小説のことなど気にもしていないのかというと、決してそうではない。そんな作家も、売れる作家に対しては敵意むき出しである。実は彼も、おれの小説は二百万部売れてしかるべきものなのに、と本気で思っているのだ。

何が何でも自分を高く評価されるのでなければ面白くないのが小説家だ。だから私がこういうものを書いていれば、嫉妬にかられて妨害する者が出てくるのである。

12

初めは、私に対していやがらせの手紙をよこす、ということですんでいた。この小説の第一回目が載った号が世に出て、私が何を始めたかが人々にわかった頃のこと、それまではろくにつきあいもなかったその作家が、ふいに私に手紙をくれたのだ。

短い文章の、冷たい内容であった。あえてここにその文面を公開するのはやめておくが、つまりは、いやがらせの内容である。

とてもむずかしい小説を書き始めたようですが、あなたにちゃんと書きあげられるでしようかね。

そういうことをほのめかし、必ず失敗するだろうと暗示にかけるような手紙であった。

ここにもアベリャネーダがいた、と私は思った。私が小説を書くということが、嫉妬のせいで憎くてたまらないという次なる作家の呪いが私に振り向けられているのだ。

多少の面識はある作家だ。だが、どうして私を憎み、私の仕事の妨害をしなければならないのだ。なぜ私がこれを書くことをくやしがるのか。

いやいや、それはわかっている。それは彼も作家だからだ。だからこそ少しは知っているほかの作家が、軽々と天空に駆け昇るような小説をまさに今書いていると知って、平常心ではいられないのだ。作家とはそのように強欲な人間なのである。

もしかしたら、彼はとんでもない思い違いをしているのかもしれない。つまり、もともと自分が書きたかったことを横から奪われてしまったとでも思っているのかも。

愚かしいが、作家にはそういう愚かしさが確かにある。どいつもこいつも一歩間違えればアベリャネーダなのだ。

A氏、とここでは呼ぶことにしよう。一時期、私と並んで小説界に新風を巻きおこす期待の新人だったこともあるA氏。彼の書くものは、広義のパロディのうちに数えられるものだった。

「蕎麦と兵隊」という彼の出世作は、戦争文学のパロディを、戦争の記憶などすっかりなくなってしまった時代にあえてやってみるという、ねじれた意欲作であり、時代錯誤であるがゆえにかえって注目を集めた。

黒いパロディ、と彼の書くものは称されたものだった。私に言わせればパロディとは本来、単なる茶化しの文芸ではなくて、内に毒を秘めていてしかるべきものなのであり、あえて黒いパロディなどと呼ぶのも変なのだが、とにかくそういうキャッチコピーをつけられた彼の小説はまずまず注目された。

「国語問題の作り方教えます」という、彼が何だったかの賞を取った作品は、評判だったので私も読んだものだ。国語の試験問題を読んでいけば、出題者の人生の悩みまで読み取れるものだという、奇想あふれる小説だと、とりあえず言える作品だった。しかし、その同じ年に私が安曇野《あずみの》文学賞を取った「ヒジャーズの風」もまた、話題性では彼のものに負けなかったと思う。

二つの受賞作のどちらが文学的に価値が高いか、という考察をここでやることはあるまい。それは最終的には読者が、もしくはその読者がいる時代が決めることだから。

ただ、同じ頃に出てきて、いくらかは注目された作家だということで、私たちはなんとなく相手を意識していたかもしれない。たった一度だけだが対談をさせられた時も、なんだかぎくしゃくして話がかみ合わなかったという記憶がある。

そんなわけでおそらく、A氏のほうも私のことをいろんな意味で気にしているのだろう。相手がどんな仕事をしているか、ついそれとなく注目してしまうのだ。

そしてA氏は、私のこの仕事に穏やかではいられなくなったのであろう。

『ドン・キホーテ』を一種のパロディ文学だと見ることは、そう突飛な見解ではない。そもそもはパロディとして誕生していながら、すべての先行作品を乗り越えた奇跡的な作品だと言うべきであろうが。

しかし、ともかくパロディなのだ。その、パロディというところにA氏は力ずくの親近感を覚えているのかもしれない。パロディならば、私の最も得意とする形式であり、専門の文学だと思っているのだろう。

そういう意味で、A氏は『ドン・キホーテ』を自分のものだと思っていたのではないだろうか。

だからこそ、この私が『ドン・キホーテ』に挑んだと知って、平静ではいられないのだろう。宝物を横から奪われたように思い、それは私のものだと大声で言いたてたいのかもしれない。

そのせいで妨害が始まってしまう。

いやがらせの手紙をよこすぐらいですんでいれば、無視していられるのだが。しかし、電話を使った攻撃は私をいら立たせ、仕事への集中力を失わせた。一日に四十回もの無言電話がかかってくるのには苦しめられる。受話器を耳にあてても何も言わず、ただ息をこらしているような様子がうかがえるばかりだ。たまらず電話を切ってみても、いつまたベルの音を鳴らすのかと気になって、何も考えることができない。

そんな攻撃が何日も続くのだ。そんな卑劣な方法を用いてまで、私に書かせたくないということなのだろう。

しかし、私はその攻撃には屈しない。今まさにこうして、私の「ドン・キホーテ」を書き続けていることが、私の闘いは終っていないことの証明だ。

騒ぎたてるだけ騒げばよかろう、アベリャネーダくん。きみの邪魔にもめげず、いやむしろその邪魔があるからこそ、私には「ドン・キホーテ」が書けてしまうということになるのだ。


引用はここまでにしておこう。「つくま」に載る一回分の原稿はこの量ではなくてもう少しあるのだが、これ以上写してもあまり意味がないように思える。このあとにまた、セルバンテスとアベリャネーダの関係が云々されて、西泉は私をアベリャネーダに、自分をセルバンテスになぞらえて、苦しまぎれの勝利宣言のようなものをしつこく書きつけるのだ。

読んでみた私がまず思ったのは、この小説は止まってしまっているではないか、ということだった。小説とは驚くほど器の大きなもので、何を書いたって平気で呑み込んでしまうものである。妄想を書きつらねても、誰かへの恨みを綴っても、ののしりの言葉を並べたとしても、小説はそれらを内に含んで平気で成立するものだ。何をやろうが、そういうのもあり、なのである。

だが、書いてあることによって、物語が前へ進むのでなければならない。前へ進むのであれば、どんなところへ読者を導こうがそれは小説の自由である。

しかしそのゲラを読んでみると、西泉の小説は一歩も前へは進んでいないのである。ただ同じところをぐるぐると回り、うまく書けないことを無理に正当化しようとしているだけだ。

こうなってしまったら、小説は行き詰まるしかないだろう。というのが私の感想だった。なんだか、真夜中に苦しみ抜いてうわごとのようなものを必死に書き続けている西泉の姿が想像できるような気がした。かなり思考が鈍っているのだろう、作家が書いた文章にしては使われている言葉がところどころかなり不用意で、稚拙である。

私はゲラから目をあげて、桜井に、まずはこう言った。

「確かに、私のことだと思うしかない書き方ですね」

「はい、あの、先生の作品名がそのまま出てくるわけです。そこが問題であろうかと。要するに、わからないように書くというお考えはないとしか思えませんで」

「作品名もですけど、黒いパロディの書き手、というのがはっきりと私ですね。そういう言葉で作品を評されて、いくらか話題になった人間は私しかいないのですから」

「それもおっしゃる通りです。ですから、私どももこの原稿をどう扱ったものか、非常に苦慮しております」

あなたがそんなに困ることはありますまい、と思ったらなんだか苦笑したいような気分になってしまった。

私は、笑いを含んだ顔つきで穏やかに言った。

「そうだ。このことをちゃんと言っておかないといけないな」

「何でございましょう」

「あのですね、私、西泉さんのところに無言電話なんかかけていませんよ。あの人の電話番号すら知らないんですから」

まずはそれをはっきりさせておくところだろう、と思ったのだ。

＊　＊　＊

「それはもちろん、わかっております。それを疑ってはおりませんので」

桜井は非礼を詫びるように身を縮めてそう言った。

「いや、あの、疑われて気分が悪いとか、そういうことが言いたいんじゃないんです。事実をはっきりさせておくだけですよ。私が西泉さんのこの小説を、ちょっと興味を持って読んでることは事実です。なんだか奇妙な展開になってくるけど、この先どうなっていくんだろう、と関心を持ってました。以前に一度西泉さんとは対談をしたことがあって、その時、西泉さんが面白い小説観を述べられたことが記憶に残っているんです。小説家というのは絶対の存在であって、小説家の書いたことは現実を凌駕するんだ、というようなことをおっしゃいましてね。その時、セルバンテスが『ドン・キホーテ』を書いたことによって、ドン・キホーテは存在するようになり、私が次の『ドン・キホーテ』を書けばそれが新しいドン・キホーテになるんだ、みたいなことをおっしゃっていました。だからあの小説の連載が始まった時に、ああ、あの時言ってたことをいよいよ始めたんだなと、興味がわいたんです」

「そういういきさつがあったのですか」

「それでね、今回の原稿の中に、私らしき作家がいやがらせの手紙をよこした、と書いてありますね。それについての事実をお話ししておきましょう。手紙ではなくてはがき、それも私が出したのは絵はがきなんですけど」

「はがきをお出しになったのは本当のことなのですか」

「彼のほうが先にはがきをくれたんです。ずい分前に一度対談をしたことがあるだけで、それ以来つきあいもなかったというのに、あの小説の連載が始まってすぐの頃、いつぞやお話ししてたあの小説を書き始めていますよ、という内容の、そっけない文面のはがきをもらったんです。だから、絵はがきに、拝読してますよ、むずかしそうな事を始めましたね、お手並拝見です、ぐらいのことを書いて出しました。いや、お手並拝見はちょっと失礼で、そうは書かなかったな。注目してます、ぐらいだったかな。とにかく、そういうはがきを出したのは本当のことです」

「それを、いやがらせだと西泉先生は受け止めてしまったのですね」

「先にむこうからはがきをくれたのだから、返事を出すのが礼儀だろう、と思ってしたことなんだけど、注目してます、と書いたのがプレッシャーになったのかもしれません。その可能性はあるかも」

「でも、拝読してますよ、注目していますよ、と書いてあるだけなんですよね。それも、やってますよ、と言われての返事でしょう。それで、いやがらせの手紙と受け止めるのは少し、過剰な反応なのではないでしょうか」

「小説家というのは、多感な人間ですからね」

と私は言って、ここまで来たらすべてを言っておいたほうがいいだろう、と思った。

「それで、しばらくして、留守番電話に妙なメッセージが入っていたことがありました」

それは、ちょうど西泉が連載の第四回目の原稿を、落としそうになっているか、落としてしまったかの頃だった。旅行中だった私の家の電話に、彼からのメッセージが二つ入っていたのだ。ひとつは、私に変な電話をかけていませんか、というもので、もうひとつはその翌日の、きのうの電話の件はこちらの誤解でしたので、忘れて下さい、という内容のもの。

「いやがらせの無言電話という話は、その頃に始まっているのですね」

「少し様子が変だな、とは思ったんです、小説がうまく書けなくてノイローゼみたいになっているのかもしれないって。それで、一度は誤解だったので忘れて下さい、ということなんでホッとしたんですが、しばらくして、無署名の変なはがきが来ました」

はがきを速達にしたもので、そこには乱暴な筆跡で、小説を書く妨害をするな、邪魔はやめろ、という内容のことが書かれていた。

「妨害されている、という思い込みがどんどん強くなっているのでしょうか」

桜井は当惑したようにそう言った。

「このゲラを読んでみる限りでは、そういうことのようですね。私という、つまり、黒いパロディの書き手のA氏が、彼の仕事を邪魔していることになっているんです。実際に一度か二度は、仕事のさまたげになる変なセールス電話などがあったのかもしれませんよ。そういうものには私も悩まされているんですから。そういうことを、すべて私のしわざだと西泉さんは思っちゃっているんじゃないかなあ」

「多分、そんなふうなことなのでしょうか。お話をうかがって、なんとなく事情がわかってまいりました。要するに、小説が狙い通りにうまく書けないことによって、追いつめられたというか、精神状態も不安定な苦しいことになってしまわれたんでしょう。そしてとうとう、書いている小説の中にまで、その悩みがふき出してしまったのでしょうか」

「そういうことでしょうかね」

「実は、そういう事情もわかっていませんで、編集部としても当惑するばかりだったのです。いくらなんでもこれは普通の小説ではありえないことになってきていると思いつつ、でもそれが作者の狙いかもしれないという気もいたしまして。いろいろとわかってまいりまして、どうすべきかが考えられるようになりました」

「この原稿を、掲載していいかどうか、のことですか」

私はちょっと真面目な顔つきになって、そう言った。

「ええ。やはりこれは、いろんな意味で、このまま発表するのは問題ありということになろうかと」

「いや、そうじゃないと思いますよ」

私は落ちついた声で言った。

＊　＊　＊

「小説というものが、書いてある内容のせいで、誰かに発表を禁じられるというのは、あっちゃいけないことですよ。小説には何を書いたっていいという、その自由はとても大事なことですから」

「それは確かにその通りですが、特定のどなたかを悪党呼ばわりするということですと、それはその小説だけの問題ではすまなくなると思うのですが」

「あのですね、問題を整理しましょう」

私はなるべく機嫌のいい声を出すようにした。

「もちろんですね、つくま書房さんの、『つくま』の編集部が、ある小説を掲載しないことにするのは、あってもいいことなんです。編集部は編集権を持っているんですから、編集方針と合わない作品であれば没にしていいんです。それはまあ当然のことですよね。そこにあるのは商取り引きの原理ですから。気に入らない作品なら買わなくていい、という理屈です。でも、その角度からの価値評価以外のですね、この小説はちょっとヤバいぞ、なんてことで葬り去ってしまうのは、やっぱり問題ありですよ」

「ヤバいといいますか、どなたかに迷惑を及ぼすということですと、そういうものを世に発表していいのかどうかという点で、出版社にも責任があるのではないでしょうか」

「迷惑だなんてそう強く思っているわけではありませんよ。むしろ私としては面白がっているくらいです。だって、実際に私のしている卑劣な行為が書いてあるわけではないんですから。ちゃんとこの小説を読めば、だんだん作者の思考が変になっていき、あらぬことを書きつけ始めているってふうに読めると思います。だからその意味で、これはまぎれもなく西泉さんが書いている小説ですよ。小説には何を書いたっていいというのが原則です」

「ご不快ではないとおっしゃるんですね」

「少しも不快ではありません。むしろ、私らしき人物がひとの小説の中に引っぱり込まれていて、これからどうなるんだろうと大いに気になって、楽しみですね。ずっと悪役をやり通して、その小説をめちゃめちゃにしてしまうんだとしても、すごく斬新で面白いじゃないですか。そうじゃなくて、思いがけない逆転があってもいいな。とにかく、その小説は西泉さんのものであり、どのようにでも自由にお書きになればいいんですよ」

「広い心をお持ちでいらっしゃるのですね」

「そんなんじゃありませんよ。私は西泉さんの実験的なやり方を面白がっているだけです。こう言えばいいかな。もし私が本当に西泉さんのところへ、一日に四十回も無言電話をかけて、彼の執筆の邪魔をしているんだとしましょうか。そうだったら、彼がその事実を書いてしまうのに対して、マズいな、と思うのかもしれません。でも私はそんなことはしていないんだから、これはいったいどうなっていくんだと、面白く読めるわけです」

「しかし、読者の中には書いてあることを事実だと思ってしまうような人もいるかもしれませんが」

「読者がどう読むかはまた別のことなんですよ。どう読む人がいたっていいんです。とにかく、内容によって小説から発表の機会を奪うということだけは、あっちゃいけないんです」

「表現の自由を犯す行為だからですね」

「そうです。表現の自由とか、言論の自由。少なくとも出版という、言論表現にかかわる仕事をしているところが、この内容はよくないと判定して、表現を阻害することはあっちゃいけないんです。そうですね、たとえば政治の世界を舞台にした現代小説があるとしましょうか。その小説の中に、自由民主党はこんなにも腐った亡国の政党だ、という内容が書いてあるとする。だからといってその小説を発表できなくすることはあっちゃいけないでしょう。そういう検閲は決してあってはいけないんです。それと同じで、西泉さんの小説の中に私のことが悪く書いてあるぐらいのことで、発表をためらっちゃいけません」

「そういうことになりましょうか」

桜井氏がとても紳士的で、かつ慎重な人だというのは疑いのないところだった。ある作家の小説の中に、別の作家がいやな奴として出てくるということに、うろたえきっているらしいのだ。

「この先の展開を見てみたいじゃないですか。この小説、ある意味では破綻しかかっているようにも見えるんだけど、ひょっとするとすべてが西泉さんの計算通りに、狙いを持って語られているのかもしれないんだから」

「そんなふうに考えられるでしょうか」

「ありえますよ、十分に。そもそもね、第三回目からこの小説、読者の想像のワクを超え始めているんですよ。セルバンテスと、『ドン・キホーテ』の贋作を書いたアベリャネーダの物語かと思って読んできたというのに、そこでふいに作者の私が出てくるというのが普通じゃないでしょう。ところで私がなぜこの小説を書いているのかというと、なんて作者がしゃしゃり出てきて説明を始めるというのは、なんともメタ・フィクションじゃないですか」

「私などは、そこから半分ついていけないような気がしたのですが」

「メタ・フィクションなんですよ。それで、この小説の中では、西泉さんは現代のドン・キホーテを書こうとしている作家です。すると、その小説を書かせまいと邪魔する同業者が出てくるわけでしょう。それってつまり、アベリャネーダの役まわりですよ。この小説の中で、現代のセルバンテスと、アベリャネーダが対決してるようなものじゃないですか。どうなるんだろうと、興味がわいてきますよ」

桜井は私が手にしているゲラに目を落とし、いぶかるように言った。

「あの、先生は本当にそんな期待をこの小説に対してお持ちなのでしょうか」

生真面目すぎる人に対して、あまり無責任なことも言えないか、と私は思った。

「一読者として、そんな期待がわいてくる、というのが正直なところですね。だから私としては、この小説がどうなっていくのか、もう少し読んでみたい気がしますよ。それは本当のところです」

桜井氏は半分救われたような顔をして、その日はそれで帰った。

＊　＊　＊

その二日後に桜井氏は電話をくれて、あの小説を掲載することになりました、と報告してきた。それでいいんだと思います、と私は答えた。

そう答えた時、わたしの気持に濁りはなかった。確かに、ほかの作家がまるで私に喧嘩を売るかのように、道理のわかっていない愚かな男だと書くことに、初めは当惑もした。迷惑な人間だな、とも思ったものだ。だが、その小説の中で、私をモデルにしているらしい人間がはっきりと悪役をやりだしたのなら、もうそれはその作家の作中の技法である。これはどういう話になっていくのかと、興味がわいてくるというのは嘘ではなかった。

いろいろやってみて、結局大失敗作になるというのもいいではないか、とゆったり考えられるようになっていたのだ。

「それであの、いろいろ考えまして、私があの小説のことで先生をお訪ねして相談いたしましたことは、とりあえず西泉先生のお耳には入れないほうがよかろうかと考えているのですけれど」

よくよく仕事の丁寧な人である。私は桜井氏にこう答えた。

「それでいいんじゃないですか。何も言わないで、西泉さんに自由に書かせてみるべきでしょうね」

そういうことで、ちょっとした珍騒動は終った。私としては、西泉の小説が没にならなくてよかったと、正直思ったのだ。そして、「つくま」の桜井氏の、私への配慮も、気配りのある丁寧なことだったたと好感を持ったのだった。そして内心では密かに、あの小説はどう考えても行き詰まるだろうなと、ちょっと意地悪な期待をした。

だが、私にも自分の仕事があるのであり、そんなことばかりにかまけていたわけではない。普通に、自分の仕事をこなしていたのだ。

一年ばかり書き続けていた新聞連載小説が終了した。わが子が不登校になって、その子といっしょにいる時間を増やそうと考え、テレビ局で働くディレクターが藁苞納豆屋《わらづと》に転身するという物語が、なんとか大団円にこぎつけたのだ。

ひと月分以上も原稿を書き溜めているから、私が書き終えても新聞ではまだしばらく連載が続いているのだが。とにかくそういうわけで、久しぶりにゆとりのある生活ができるようになった。

そうしたら、家人が、久しぶりに気分転換の旅行でもしたい、と言いだしたのだ。ここ二年ほど、大きな旅行をしていなくてつまらない、と。

「海外旅行か」

と私はきいた。それもいいかもしれないな、と思いながら。

「無理なのかなあ。行き先はどこでもいいんだけれど」

「無理じゃないだろう。小さい仕事をいくつか前倒ししてやれば、十日間ぐらいは休めるはずだから」

そう言った時、私の頭にいきなりあるプランが浮かびあがったのだった。

「そうだ。スペインへ行こうか」

「スペインは魅力的ねえ」

「スペインへのんびりと行って、ドン・キホーテが突撃したっていう風車なんかを見てまわるんだよ。面白そうじゃないか。いつもの旅行会社のパンフレットを集めて、いいのがないか研究してみようよ」

つまり、私は西泉の小説のせいで、大きく刺激されていたのだ。『ドン・キホーテ』に私なりに何かアプローチをしてみたいという気に、いつの間にかなっていた。

西泉と同じことをやるわけではない。彼の小説は彼の小説で、私はそれとはまったく別のことをやるのだ。

だが、小説家として何らかの手法で『ドン・キホーテ』に挑むというのは、魅力的なプランだった。私はパロディという手法を重視したい作家であり、そのせいで長らく『ドン・キホーテ』には注目していたのだ。ああいうことを、いつか自分もやってみたいというのが、作家としての目標だったような気がするほどだ。

西泉の小説が、私のその意欲に火をつけたと言ってもいいかもしれない。もちろんまるで違うやり方でだが、私も『ドン・キホーテ』をやってみたい。

不登校の子のために脱サラするサラリーマンの物語は、大いに現代的であり、社会派の仕事である。そういうものも書くが、その次にいきなり、ドン・キホーテが現代社会に出現するような小説も私は書きたいのだ。

西泉の小説を読んでいるうちに、私はアベリャネーダになりたくなってきたのかもしれない。セルバンテスの本物にはなれないのだから、第二のアベリャネーダになるしかないのだ。

私は家人に、探してみて、いいツアー・プランがあったらそれに参加してみよう、と言った。私の急ぎっぷりにはびっくりしたようだが、それは彼女にとっても嬉しい話だった。それから何日か、旅行のパンフレットをのぞき込んでは、これがいいとか、こっちは珍しいところへも行く、などと二人で夢中になって検討したのである。

その間に、「つくま」の五月号が送られてきて、私はそこに西泉の小説の四回目が載っていることを確認した。しかし、内容にはゲラで目を通しているので、あらためて読むこともしなかった。

思えば、その頃からもう、私の『ドン・キホーテ』が始動していたのかもしれない。

ゴールデン・ウィークをはさんで行く「ラ・マンチャの風車とスペインアンダルシアの旅」というものに、私たち夫婦はいちばん最後の申込者として参加し、にわかに旅行者となっていたのである。

第6章

スペインへ行った私がした不思議な体験と、そのことを書いたエッセイが引きおこした珍妙な騒動のこと

　私のスペイン旅行は稔りの多いものだった。言うまでもなく、本格的な取材旅行をしたというのではないのだが。私がしたのは、普通の観光客が申し込んで成立している、旅行会社のパッケージ・ツアーである。十日間の旅、とパンフレットにはうたってあるのに、実際には飛行機で目的地へ運ばれたりすることに時間をとられ、七日半ぐらいしか観光できないような旅だ。一都市を一日で見て、次の半日はバスに揺られているような具合だった。

　だが、現にその国へ行って、その国の人々が歩いている通りを歩いてみるというのは、何冊の本を読むよりも刺激に満ちていて、その国の現実を感じさせてくれることだ。そしてまた、そこにいる間中、スペインのことを考えている、というのも意味が大きい。丘陵にどんな木が生えていて、どんな畑があり、どんな風が吹いていて、おそらくセルバンテスもこの光景を見たのだろう、と思うのは、時を少し溯るような体験だった。

　スペインの各地で、名所を見物し、ガイドの説明をきいているうちに私が感じたあの国の

歴史の複雑さについては、いずれまた書く必要があるだろう。でもまずそれより先に、私がスペインでした不思議な体験のことを語りたい。

と言うか、私は既にそれをよそで語ったのである。スペイン旅行から帰ってきて、やっと時差ボケから回復した頃のことだが、私のところへ焦英社という出版社の「プレアデス」という文芸誌から、テーマは自由でエッセイを書いてくれという依頼があったのだ。そこで私は、つい最近スペインで体験して、まだありありと心に残っている幻想のような出来事を書いてみたのだ。それが、次のエッセイである。それをここに全文そのままに紹介することには、実は大きな意味があるのだが、それはだんだんにわかってもらえばいい。

《ラ・マンチャの幻想》

思いたってスペインへの旅をしてきたのは、セルバンテスの国を見てみたいと思ったからだ。別の言い方をすると、ドン・キホーテという世界文学史上の巨人が生まれたという、ラ・マンチャ地方を見たかったのだ。

ただし、目的の場所に着くまでには段取りがある。私は添乗員つきのパッケージ・ツアーに参加して、そのコース設定の通りに運ばれていくというタイプの旅行者なのだ。いきなり自分の行きたいところへ直行したりはできない。

まず、マドリッドを観光した。もちろんプラド美術館を二時間で見せられれば、四、五日ここに通いつめて見物したいものだ、なんて思いがわいてくる。

次にセゴビアという古代ローマ時代の水道橋の残る街へ行って観光、その翌日は古都トレドを満喫した。

そしてその次の日、ようやく私たちツアー客を乗せたバスは、ラ・マンチャ地方に入っていったのである。畑には麦が青々と背を伸ばす頃だった。ただし、一面の麦畑というふうではなく、水が不足なのか、ただ荒れたままの土地も多い。ラ・マンチャとはアラビア語で、乾いた土地、という意味だというのをガイドの説明で初めて知った。

ほかには、オリーブの畑とブドウの畑がある。しかし、オリーブ畑というのはオリーブの樹が等間隔に生えているだけで、我々の畑の概念とはほど遠いものだ。そしてブドウは棚を作らず、地面を這うように生えている。全体の印象としては、決して緑濃くない、乾燥した丘陵地帯だ。なだらかな赤土の丘がはてしなく続く。

コンスエグラという小さな町に着き、小高い赤土の丘の上に風車が十ばかり並ぶのを見た時には、ついにここにやって来た、という気がした。風を受けなければならないのだから、風車は丘の稜線に並んで建っている。白い円筒形の小屋に、黒い円錐形の、とんがり帽子のような屋根をのせた格好だ。その屋根から風車の羽根が出ており、屋根は風向きに合わせて回転するようになっている。

遠くから見ると、竜の背に風車が並んでいるかのようである。そして風車の中に混じってただひとつ、古くてもうとっくに使われていない石造りの城跡がある。

ドン・キホーテが愛馬ロシナンテにまたがり、槍を小脇に突進してはねとばされたという風車は、また別のところにあるものだそうである。しかしそれは小説中のことなのだから、どうせ本当にあったことではない。この地方で、こういう風車にあの老騎士は突進したのか、と考えていいだろう。

風車は今はもう使われてはいない。なのに円筒形の小屋が真っ白に、円錐形の屋根が真っ黒に塗られていて美しいのは、今は観光資源としての役をはたしているからだ。その意味では旅行者用に残されているモニュメントにすぎないのだが、でもやはり、ラ・マンチャで風車を見るというのは値打ちがある。

バスは丘の上まで上がり、一台の風車の脇に停まった。すると風車小屋から、親父が出てきて呼び込みをする。それはまあ、予想した通りだった。風車の内部を見せてやるから、一階に並べて売っている土産物を買えというわけだ。

私と妻は円い壁の内側にあって螺旋状になっている階段で三階部分まで上って、風車の回転をどう臼の回転に変換するのか、どこで小麦を碾き、粉はどこにたまるのか、などを見物した。風車小屋の親父の説明はスペイン語だったが、指さしながらする説明は難なく理解できた。

それから、一階へ降りて、そう多くはない品揃えの土産物を見た。私はドン・キホーテの小さな像を、妻は風車のミニチュアを買う。私たちは相手の言い値で土産物を買う客で、親父は鼻歌をうたいだすという上機嫌ぶりだった。いっしょに写真を撮ろう、と言えば喜んでポーズをとる。

というわけで、そこまでは典型的な観光地の見物だったのである。ところが、そこで予定外のことがおこった。困った顔つきで添乗員が寄ってきて言うには、バスのエンジンの調子がおかしいのだそうだ。そこで、ここの風車の持ち主の車を借りて下の町へ降りて、修理に必要な部品と、修理のできる人間をつれてくる。そうやってバスを直すために、ざっと一時間ばかりかかるので、皆さんにちょっと待ってもらわなければいけない、ということだった。

添乗員は写真を撮るためにあちこちに散らばっている客に駆け寄っては説明し、頭を下げている。中には、こんな何もないところでどう時間をつぶせばいいのか、と不平を言っている客もいた。でも私は、こののんびりした場所によく似合ったトラブルではないか、と受け止めた。まだ午前中だったのだ。どうせスペインでは、午後二時ぐらいにならないと昼食がとれないことはそれまでの日程の中で承知していた。

ぶらぶらしていようよ、と私は妻に言った。妻はむしろ楽しいことがあったような顔をして、古い城跡の写真を撮ってくるわ、と言った。そこで、カメラを渡して私は、土産物を買った風車に戻った。

さっきその中を見せてもらった時に、気になっていたものがあったのだ。その内部の螺旋階段を二メートルほど上った二階部分に、小さなテーブルと椅子があった。そして壁ぎわの木の棚に、ワインが十本ばかり寝かせてあるのを、いいものがあるな、と気にとめていたのだ。ラ・マンチャ地方はワインの名産地でもある。

さっきの上機嫌な親父を手招きして二階に上り、私は日本語できいてみた。

「あれは飲めるの?」

すぐに意味を理解して、親父は、売り物じゃないんだが、八ユーロで売るよ、と言う。八ユーロは千百円ぐらいで、酒屋で売っているぐらいの値段だ。喜んで売ってもらうと、親父は栓を抜いてくれ、ブリキのワイン用コップを出してくれた。

思いがけず、風車の中での昼酒になったわけである。親父は最初の一口を飲んだ私にニヤリと笑いかけると、何をするためなのか風車の外へ出ていってしまった。

風車の一階にある戸は開いているから階段を抜けて光は入ってくるのだが、窓がないからそう明るくはない。なんとなく小さな納屋の中で、粗末なテーブルに面して秘密の酒盛りをしているような気分になった。ワインはなかなかいける味だった。

旅行者というものは、旅の中でいつも少しばかり心をふわふわさせているものだ。その上、毎日のように長時間バスに揺られているので、体も常に揺れているような気がしている。そういうコンディションで飲むワインはきいた。

ある意味、ロケーションが最高でもあったのだ。スペインのラ・マンチャにやってきて、丘の上に建つ風車の中で私は一人、ワインを楽しんでいるのである。その日は風がそう強くはなく、ほとんど物音がしない。

バスが直って出発ということになれば、妻か添乗員かが声をかけてくれるだろうと、私はゆったりした気分でいた。小さなテーブルに面してすわり、かすかなほこりの匂いの中で、ワインをちびちびと楽しんだ。

その時どんなことを考えていたかを説明することはむずかしい。旅行中には人は、ひとつにまとまらないとりとめのないことを次々に考えているものではないだろうか。きのう見たあの大聖堂の名はなんというのだったっけと考えかけ、それは到底思い出せそうにないからと思考を打ち切ったり。今日の昼食はどんな名物料理だとスケジュール表に書いてあったのかを考えているうちに、スペイン人はシエスタという昼寝の習慣を続けたまま今後もEUでやっていくのかと心配する。頭の中で日本の古い歌謡曲がリフレインされていることに気づいて、なんでここでこの曲なんだと驚いたりする。

そしてやっぱり、ここはラ・マンチャなんだよなあ、という感慨も強いのである。ドン・キホーテはここをロシナンテに乗って颯爽と胸を張って進んだのだとか、サンチョ・パンサは何を思ってその老人に従っていたのだろう、というようなことが、切れ切れにだがずーっと頭の中にあった。セルバンテスは、どうしてアロンソ・キハーダ(ドン・キホーテと呼ばれる老人の本名)にあのような冒険をさせたのだろうか。

そんなわけで、ワインが体にしみて思考力もぼんやりと鈍ってくる中、私は、少々頭のおかしくなった老いた自称騎士のことを考えるともなく考えていたのだった。ふと、自分の体が薄暗がりの中に溶けていくような気もした。

テーブルの上に、ブリキ製のワイン用のコップがのっていた。それを見ていた私は、ゆつくりと頭を上げた。

するると、狭い風車小屋の中の、小さなテーブルのむこうに黒っぽい服を着た痩せた男が見えたのである。

いや、正確に書こう。そういう人間が見えたような気がしたのだ。男はテーブルのむこうで、私と同じように椅子にかけているように見えた。

その顔に目がいく。細長い、つるりとした顔の男だった。髪は短く、額は広い。鼻筋は細くてまっすぐで、目は小さくてキョロリとしていた。そして、鼻の下と顎にひげをたくわえていた。

まさしく、らっきょうのような顔の老人である。右手を胸の前に置いて拳を握っていたが、左手はあるのかないのか見分けられなかった。

言うまでもなく、その人物はその風車小屋の主人の親父ではなかった。着ているものから言っても、なんとなく昔の人のようである。

とろり、と酔っていた私は、そんなところにふいに人が出現したことに対して、別段驚きもしなかった。

「あなたは誰なんです」

と私は言ったように思うのだが、実際には口に出して言ったのではなく、心の中でそう思っただけなのかもしれない。

その男はニコリともせずに答えたが、それもまた、声を発したのではなくて、私の脳に直接語りかけたのかもしれない。

「ここはどこかね」

スペイン語で言ったのなら私には意味がわからないはずだ。では、日本語で言ったのだろうか。それとも、そういうやりとりには言葉の違いなど関係がないのか。

「ここは、スペインのカスティーリャ州の、ラ・マンチャ地方ですよ。その草も生えない丘の上の、風車の中です」

「ならば私が誰であるのかは、おのずとわかろうというもの」

「では、そう考えていいのですね。あなたはミゲル・デ・セルバンテス・サベードラ」

「名を全部並べる必要はあるまい」

「要するに、セルバンテスなのですね」

これは小説ではなくてエッセイなのだから、そういう体験を私が実際にした、と書くのはよそう。私はそういう幻覚体験をした、というのが冷静な言い方であろう。

しかし、その時の私は確かにその人の姿を見て、声をきいたように感じたのだ。私はこみあげる感激で涙さえ浮かべそうになった。

「年老いた物語作者だよ」

「教えて下さい」

と私は言っていた。だが実は、何をきけばいいのか自分でもよくわかっていなかった。

私から発せられた質問はこういうものだった。

「なぜあなたは、あの老騎士の物語を書いたのですか」

セルバンテスは私を少し憐れむような顔をした。そんな簡単なこともわからないのか、と言うように。だがしかし、ゆっくりと天をあおいでこう答えてくれた。

「物語はその書かれた風土の中にある」

「この国の風土ですか……」

「この国と、この地方の、風土と歴史とを知ることだ。そうすればあの頭のねじれた老騎士が、何に対して闘いを挑んでいたのかがわかってくるだろうて」

ドン・キホーテは何に対して闘いを挑んでいたのか、というのはそれまで私が考えたこともなかった問いであり、そう言われただけで私の体に電撃が走るような気がした。

だがその時だった。風車小屋の一階の、数多くない土産物が棚に並べてあるだけの部屋のほうで、靴の音がしたのだ。

「あなた、そこにいるの?」

妻の声だった。その声で私は我に返った。

「いるよ」

と答えた時、小屋の中は少し明るさを取り戻し、私の前にあの老人はいなくなっていた。

妻は階段を上ってきて、私を見ると言った。

「いい調子でくつろいでるわねえ」

「ワインがあって、売ってくれたから」

妻はあきれた顔で言った。

「バスが直って、もうじき出発できるんだそうよ」

私がラ・マンチャの風車の中で体験した不思議はそこまでである。もちろん、ワインに酔って夢の中にいたということであろう。あんな夢を見てもおかしくはないほどに、最高のロケーションの中で、「ドン・キホーテ」のことばかり考えていたのだから。

でも単に夢と片づけてしまうよりは、あれほどまでにあの物語にゆかりの深い場所へ行き、あんな体験をすれば、セルバンテスだって語りかけてくれるのが当然だよな、というような気にもなった私であった。

そしてそこからは旅は正常に続いたのである。ラ・マンチャを行くバスの中で、私は自分がスペイン旅行をしている二〇〇五年が、セルバンテスが「ドン・キホーテ」の正篇を刊行した年のちょうど四百年後であることに気がついた。これまでにも、一六〇五年にその小説は発表されたと何度も書いているのに、そのことに気がついていなかったのが不思議なような気がした。

このエッセイに書いたことは、私が本当に体験したことである。もちろん、人前に出す文章なのだから、読みやすく、わかりやすく工夫しているところはある。たとえば風車小屋の親父が、やけにペラペラと日本語をしゃべったことなどは省略するわけだ。

「風車、キレイ。お父さん、うれしい。子供、うれしい。お土産安い！」

と言っていたと書いては、ムードが少しこわれるのだから。

しかし、そんなことを除けば、ほぼこの通りの体験を私はしたのだ。思わぬところでワインを飲んでくつろぎ、やけに文学的な夢(幻覚か)を見たというのも事実である。

私には、その夢の中でセルバンテスが言ったことが大いに心に残った。

「この国と、この地方の、風土と歴史とを知ることだ。そうすればあの頭のねじれた老騎士が、何に対して闘いを挑んでいたのかがわかってくるだろうて」

それを私の「ドン・キホーテ」への挑戦の手がかりとするべきなのか、と考えて、まずはこのエッセイで意欲を表明してみたつもりなのである。

ところが、私のこのエッセイが、あの西泉貴嗣の頭脳にとんでもなく奇妙な影響を及ぼしてしまうのであった。

＊　＊　＊

私はそのエッセイを六月に書いて、それは七月に発行された「プレアデス」の八月号に掲載された。長い梅雨が明け一気に夏めく頃となっていた。

その間、「つくま」のほうの西泉の連載小説も、順調に回を重ねていたのだ。私はいろんな意味で興味を持って、その小説に目を通していた。

五月号に載った第四回(四月号で原稿を落としているので、一月号から始まった連載なのに数字が合わない)は、編集部をあわてさせた、私らしき作家Aが登場する回だ。Aという作家がいやがらせ電話などで、私の執筆を妨害してくると西泉は書いている。

その「つくま」が出てすぐの頃、二、三の編集者が、あれはどういうことなんですか、と私にきいたものだ。書いた小説の題名がそのまま使われているから、作家Aが私のことらしいとわかる人がやっぱりいるわけである。そして、別の作家の執筆を妨害するという悪党の役まわりを演じさせられているのだから、みんなびっくりする。西泉さんと何かあったんですか、ときく人もいた。

あれは西泉さんの小説であり、何か考えがあってやっていらっしゃることなんでしょうね、と私は答えるようにした。もちろん、私は彼の執筆の妨害なんかしてませんよ、と言い、でも、この先どうなるのか楽しみにしているんですと、余裕の態度をとった。

そして、西泉の小説は、第五回、第六回と回を重ねていったのだが、幸いなことにと言うべきなのか、その辺でかなり小説らしさを取り戻し、私への攻撃がエスカレートすることはなかったのだ。第四回で、たとえどんな妨害を受けようとも私はこれを書く、という切り口上のような宣言があったあと、第五回には小説は本来のアベリャネーダの物語に戻った。

つまり、モーロの賢人アリソランの書いたドン・キホーテの物語が、アラビア語からカスティーリャ語に訳されて、それをもとにアベリャネーダは贋の続篇を熱心に書いていくのだ。宗教心のないのがセルバンテスのドン・キホーテの欠点だと思っているアベリャネーダだから、自分のドン・キホーテに宗教書を大量に集めさせ、読みふけらせたりする。教会のミサにもちゃんと行くドン・キホーテなのだ。

そしてアベリャネーダは、これこそが正しいドン・キホーテだと信じている。贋作を書いているのは間違いがないのだが、これこそが真作よりも、よい小説だとアベリャネーダは確信しているのだ。人気の小説を利用して金を稼ごうというのが彼の目的ではないのだ。

しかし、贋作を本として刊行するとなるといろいろと苦労もあるものだ。まず、扉ページにあるイラストも、似たようなものを用意しなければならない。「ドン・キホーテ」の正篇の扉には、甲冑を身につけ、槍を持って馬に乗る騎士を横から見た絵がついているのだ。その続篇なので、まずはそれに似た絵を描かなければならない。

その絵を、本物を手本にしてアベリャネーダ自身がなんとか描いたのだ、と西泉の小説には書かれている。その辺の真相は実はよくわかっていない(なにしろ、アベリャネーダの正体がわからないのだから)のだが、彼はそのように決めて書いたのだ。

それから、その本をどこで印刷するかである。実は、本当の正篇の扉には、「一六〇五年、認可を得てバレンシアのペドロ・パトリシオ・メイの工房で印刷された」と記されているのだ。

それを真似た本を出すのだから、贋作にもそれに類する記述が必要だ。アベリャネーダの贋作の扉には、「一六一四年、タラゴナのフェリペ・ロベルトの工房で印刷された」と記されている。

ところが、これがどうも嘘らしいのだ。タラゴナに、フェリペ・ロベルトという印刷業者がいたという事実が確認できないのだ。

西泉の小説では、本当の印刷所を公表してしまっては、そこから足がついて自分の正体がバレるかもしれないので、出鱈目を書いているのだとしている。本物が印刷されたバレンシアが地中海に面した古都だから、同じように地中海に面する古都タラゴナで刷ったことにしたのだそうだ。

そして、この時代に書物を印刷して刊行するためには、もうひとつの難事があった。その頃は、本を出すには、権威筋の検閲を経て印刷許可証を得なければならなかったのだ。セルバンテスだって、そういう許可証を手に入れて正篇を出版しているのだ。

ところが、自分の正体をあくまで隠したいアベリャネーダは、正当に許可証を取ることをあきらめる。そして大胆不敵にも、本の中に、贋の許可証を印刷するのだ。およそ次のようなものである。

「この本の閲読調査をラファエル・オルトネダ博士に委託せしところ、信義に悖《もと》り禁忌に触れる箇所の見あたらぬ由の報告に鑑み、(中略) 印刷および販売の允可《いんか》を与えるものである。

司教座聖堂参事会員、神学博士

フランシスコ・デ・トルメ・イ・デ・リオリ」

ところが、こういう名の司教座聖堂参事会員は実在しないのであり、これはすべてアベリャネーダの大嘘なのだそうだ。

そして西泉はこう書く。

「しかし、それほどまでにして彼はなぜ自分の正体を隠し通さなければならなかったのだろう。印刷所から足がついてはいけない、とまで用心するのはどうしてなのか。そこにこそ実は、アベリャネーダの秘密があった」

面白い展開である。いよいよ話がミステリアスになってきて、この先どうなるのかと興味がわく。西泉の連載小説「贋作者アベリャネーダ」は、そういう調子で第七回まで続いているのだった。

ところが、この小説はそこで突然空中分解してしまうのだ。

＊　＊　＊

私の例の、スペインで幻想的な体験をした、という内容のエッセイが発表されて、半月ほどたった頃だった。ふいに、あの人から電話がかかってきたのである。「つくま」の編集者の桜井氏である。

「実は、先生には直接関係のないことで、お心をわずらわせるのも申し訳ないのですが、やはり一応お耳に入れておくべきトラブルが生じてしまいましたので」

桜井氏は当惑したようにそう言った。さすがに私もなんとなくヒヤリとした。

「西泉さんの小説のことですか」

「はい。そういうことでございます。あの小説の次回分の原稿が私どものほうに入稿されてきたのですが、その内容に問題がありまして、さすがにこれは掲載できないだろうと判断するに到ったのです」

「あの、それって、連載打ち切りということですか」

「つまりそういうことでございます」

「いったい、どんな問題があったんです。それで、私にそのことをご連絡下さるということは、そのトラブルに私も何らかの関係をしているということなんでしょうか。何があったんです」

「言うまでもなく先生のほうには一切責任のないことでございます。それはもう、間違いなくそういうことなのですが、その西泉先生の原稿のほうに、先生の名誉を傷つける記述がありまして、掲載できないということになったのです。でもって、そのことは一応おしらせしておくべきであろうと判断をいたしました」

「また私の悪口を書いているということですか。こっちはそう気にはしてないんですけど」

「いえ、悪口というのではなくて、名誉を傷つける記述です。それにつきまして、電話で入り組んだお話をするのも何でございますので、お忙しいところを心苦しいのですが、一度おうかがいしてご説明申しあげるべきかと考えておるのですが」

「いいですよ。お目にかかります」

こうして私は電話をもらった翌日、「つくま」の桜井氏の訪問を受けたのだった。

そしてそこで、桜井氏はこんなところから話を切りだした。

「最近、スペインへ行かれたんですよね」

行きましたよ、と答えることになる。ラ・マンチャ地方へ行って、風車をご覧になったそうで、と言われて、私はその旅のことを丁寧に説明した。

風車というのはこういう形のものでしたよ、なんてことを。同行メンバーの老人の中に、こんな木製の木枠のような羽根が、風を受けて回るとは考えられず、これは観光用のダミーだな、なんて言っている人がいましたが、実はその枠だけの羽根に帆布を張って使うんですね。それで、使わない時は帆布を外すんです。だから、今あるそれは確かに観光用に使われているんですが、昔はちゃんと粉碾き用に使われていた本物なんですね、という話もした。

珍しそうにうなずいてきいていた桜井氏が、次に言ったのはこういうことだった。

「それで、先生はその時の、とても興味深い体験を、『プレアデス』という雑誌にエッセイの形で発表なさいましたね」

「ええ。ちょっと珍しい夢みたいな体験をしたもんですから」

「とても面白く拝読いたしました。エッセイではあるのだけれど、実に文学的な体験で、幻想の中に誘い込まれるような気がいたしました」

「そうですか」

と言った時、私にはその話がどこへつながっていくのか見当もついていなかった。

ところが、桜井氏が次に口にしたのはこんなことだったのである。

「実は、西泉先生が『贋作者アベリャネーダ』の第八回の原稿を入れて下さっているんですが……、その内容が、大変困ったものでして」

「私が出てくるのですか」

「まあそういうことなんですが、先生のお書きになったあのエッセイがですね、本当は私のものだと、糾弾する調子なのです」

よくわからない話だな、と私は思った。

「えーと、どういうことなんでしょう。あれが盗作だっていうことですか。そうか、彼は以前にあれと同様の話をエッセイなどにして、どこかに発表しているんでしょうか。それを私が盗作しているんだと。そんなものを彼が書いているなんて、私は知らなかったんだけど」

「いえ、西泉先生が過去にどこかに書いていらっしゃるということではないのです。ただ、ここに書かれている体験は、私がしたことだ、としていらっしゃるんです。この人は私のした体験を盗んで、自分がしたことのように書いているのだと」

あんまり変な話で、私にはしばらく意味がわからなかった。体験を盗むとは、どういうことなのだ。

＊　＊　＊

「いろいろ考えたのですが、今日のところは、西泉先生の原稿をゲラにしたものをお持ちしませんでした。掲載しないことに決まりましたので、どなたの目にも触れないものなのですし」

「読むと私が不快になるような内容だということですか」

「それは何とも言えないのですが、要するに発表できない原稿を、あえてお見せする必要はないかと考えまして」

その時私は、きっと今、この人の鞄の中にはそのゲラが入っているんだろうな、と推測した。私が、どうしてもそのゲラを見せろとわめきたてれば、おそらく見せてくれるのだ。だが、そうなると事を荒立ててしまうので、なるべくならば避けたい、と思っているのだろう。とても慎重な編集者だから、そういう考えを持って不思議はない。

そして私は、西泉の書いているものをどうしても見せろ、と言う意欲を失っていた。ただし、彼が何を書いたのかは気になる。

「どういうことを書いているんです」

「それがですね、少し妙なんですが、幻覚の中でセルバンテスとおぼしき人物に会い、あいう言葉をきいたという体験は、実は私がしたことだ、と書いていらっしゃるのです。なのに、卑劣な作家が、私のその体験を盗んで、まるで自分の体験であるかのようにエッセイに書いている、と言うわけです」

「西泉さんもスペインへ行ったことがあるんですか」

「それはないんです。だからあれは、西泉先生が自宅で、深夜に『ドン・キホーテ』についてしきりに考え、疲れて少し頭がボーッとした時にあったことなんだとしていらっしゃいます。そして自分は、その体験から大きな啓示を受け、この小説がうまく書けるという自信を得た。なのにその貴重な体験を盗んだ奴がいる、と非難しているわけです」

「ひとの体験を、どうやって盗むというんでしょう」

「そういうことはあまり考察されておりませんで、とにかく、これは私の体験なのに盗まれたと怒っていまして」

「小説のほうは中断して、そればかり書いているのですか」

「そうなんですね。私がした幻想的な体験はこうだった、というのを書いていらっしゃるんですが、それが、先生のあのエッセイの通りなんです。場所が自宅になっていて、ワインがビールに変っているだけです。そしてただひたすらに、作家がひとの体験を盗んで先に書いてしまうのは、この上ない犯罪ではないか、としていらっしゃって」

「どういうことなんでしょう。幻覚の中でセルバンテスに会うという体験を、どうしても自分のものにしたかったのかなあ」

「おそらく、そういうことではないかと、私どもも思います」

桜井氏は困惑の顔つきで、ゆっくり慎重にしゃべる。

「あの小説をどう書いていくかについて、西泉先生には迷いがあるのかもしれません。悩んで、かなり苦しんでいらっしゃるのかも。それともうひとつ、先生のことを変に気にしておられます。私の執筆を妨害してくる、なんて言いだしたのも、考えてみれば異常なことでして、ライバル心のようなものがあって、少し変になっていらっしゃるのかも」

「そうかもしれませんね」

「ですから西泉先生には、あのエッセイに書かれている文学的な体験が、ものすごくうらやましかったのではないでしょうか。この体験は私こそがしたかった、と思われて、そこで、これは私の体験だ、になってしまったのかもしれません」

ついに精神が異常の側へはみ出してしまった、ということなのか。

「この体験がうらやましい、ということであるべきですのに、この体験は私のものであり、悪党に盗まれたのだ、になってしまったのでしょうか。とにかく、そういう見逃せない暴走といいますか、破綻をきたしてしまったのです」

「世に公表できるものではない、とお考えなんですね」

「小説ではなくなっていると判断するしかありませんので」

「そうかもしれませんね。同業者を名ざしして非難することに夢中になってしまった小説では、読者もどう読んだものかとまどってしまうかも。別に、私が悪党呼ばわりされるのはどちらでもいいんだけど、ドン・キホーテについての小説の中に、あの作家はひどい奴だなんてことを書きちらしてもねえ。まともではないでしょうね」

「そういうことで、西泉先生のあの小説は、連載打ち切りということになりました。それで、そのことを変に隠すのもおかしいだろうと考えまして、たとえば作者の体調不良のため休止します、なんて書くのではなくて、作者と当編集部との間に埋め難い意見の不一致が生じたため連載の休止となりました、と発表することといたしました」

それは、作家である西泉には致命的な汚点になってしまうことだ、と私は思った。この業界でかなりの噂になってしまうかもしれない。あの人、あんまり変なことを書いて下ろされたらしいよ、と。

「そういう決定を、もう西泉さんには伝えたのですか」

桜井氏は、なんとも苦しげな表情を見せた。

「もちろん、ちゃんとお目にかかって説明するしかございません。この原稿を書き直していただくか、それが不可能ならば、不掲載にさせていただくしかないのだと申しあげました」

「怒り狂いましたか」

「いや、そういうことはなくて、わかりました、とおっしゃっただけです。じゃあ連載をやめましょう、と」

「すんなりと納得したのですか」

「はい、そうです。でも、こういうことはおっしゃいました。連載は中止になっても、ぼくはこの小説をちゃんと書き上げますよ、と。だから、いつの日にか、この小説は理解力のあるどこかの出版社から刊行されるかもしれませんが、それには異議はないでしょうね、と。それに異存はありません、とお答えしましたが」

西泉はまだやる気なのだ。もうとっくに壊れている小説にしがみついて、まだやめないぞとわめいているのだ。

なんだか不吉な予感がした。

第7章

この章では、私がセルバンテスについて調べたり、スペインについて考えたりしたことが、思いがけない方法で語られる

しかしながら、それからしばらく少なくとも表面上は、さしたることもなく時が過ぎていった。私としては、連載していた小説を不本意にも連載打ち切りという形で中断させられた西泉が、何かとんでもない報復に出るのではないかと心安らがぬ思いでいたのだが、幸いなことに特に何の事態もおこらなかったのである。発表の場を奪われた小説家ほど無力なものはなくて、さすがの西泉も意気消沈していたのかもしれない。

夏から、台風の情報に気を奪われる秋口にかけて、私は仕事の合い間を見つけては、スペインの歴史の書かれた本を、何冊か読み込んでいった。その国を旅行するとなった時に、そういう本を買い集めてあったのだ。

「物語はその書かれた風土の中にある」

幻覚の中のセルバンテスが言ったその言葉が、私の頭の中に啓示のようにあった。

「この国と、この地方の、風土と歴史とを知ることだ」

そう言われてみて、私は自分のうかつさに初めて気づかされたのだ。『ドン・キホーテ』を書いたセルバンテスはスペインの人、一五四七年生まれで、一六一六年没。一六〇五年に『ドン・キホーテ』を、一六一五年に『ドン・キホーテ後篇』を発表した。彼の死んだ一六一六年四月二十三日は、奇しくもシェイクスピアが死んだ日と同じ日である。

そんなことだけを、私は知っていたのだ。たとえば、若き日に兵士としてレパントの海戦に参加し、その時に受けた傷がもとで終生左手がきかなくなった、というようなことを解説で読んで知ってはいるが、そのレパントの海戦とはどういう戦争なのかについて、知ってみようと考えたことがなかった。ただなんとなく、若い頃は兵士だった、とだけ受け止めていたのだ。スペインという国がどういう歴史を持っているのかなんて、疑問を持ったことすらない。

幸い、私はそういうスペインへ実際に観光で行くという体験をした。現に行って、歴史のある宮殿を見たり、城や教会をまわったりしたので、ほんの少しはスペインの過去をかいま見た。そうか、ここにはかつてモスクがあった、すなわちイスラムの国だったことがあるのだ、などのことを承知したわけだ。高校生の頃に世界史で学んだはずではあるが、まったく忘れていたのだ。

どんな国の、どんな歴史の中にセルバンテスは生きたのか、ということを私は勉強してみることにした。幻のセルバンテスの言葉に導かれ、それがわかったところに何かがひらけてくる、というような予感を抱いたのである。

そうして、その勉強の結果わかったことをここにまとめておきたいのだが、ここまで私の近辺についての軽い談話、という調子で書き進めてきたというのに、ここからいきなりスペイン史の講義になるというのも変である。唐突であり、読むのがわずらわしくもあろう。

何かうまい語り方はないものだろうかと考えていて、いいことを思いついた。私の講演の記録をここに紹介してしまえばいいのだ。

十月に入ってすぐの頃だが、私はとある文芸協会が主催した、「世界文学への旅」というセミナーで、講座をひとつ持って、講義というか講演というか、初級レベルの話をしたのだ。テーマは自由に決めてよいと言われて、私は「スペイン史の中のセルバンテス」という演目でしゃべった。このところ勉強したことを、とりあえずまとめてみる、という内容のものだ。

その講演が、記録されて、文章に書きおこされたものがあるのだ。それをここに出してしまえばよい。

ただし、言うまでもなく、これは私のしゃべった通りではない。しゃべった通りにテープおこしされた文章というのは、読んでみるとガタガタで、非常に意味がわかりにくいのだ。しゃべり言葉と書く文章とは、まるで性質の違うものなので。

「だから、えーと、さっきのセルバンテスですね。さっきのは変だけど、まあ、いろいろ違うんです」

なんて文章が出てきたりして、自分ながらこれは何を言ってるんだ、と思うぐらいに、しゃべり言葉というのは奇妙なものなのだ。それを、あちこち手を加えて意味が通るようにし、ただし手を入れすぎて、談話調の感じを消さないようにしたものが、講演の記録なのである。そういうものが、私の手元にあるので、それを一部省略するなどして、以下に紹介することにした。

《スペイン史の中のセルバンテス》

「セルバンテスと言えば、これはもう誰だって知っている『ドン・キホーテ』の作者です。世界文学全集を組めば必ず入れなきゃいけないという名作で、読んだことのない人でも、だいたいの話は知っているというぐらいのものでしょう。自分のことを騎士だと思い込んで、馬に乗って風車に突撃する老人の話だというようなことだけは、誰だってなんとなく知っているものです。文学的価値の高い名作というのは不思議ですが、そういうふうに知られているんですね。

このセミナーに参加してみようという皆さんなんですから、『ドン・キホーテ』と言われればそこまでは知っています。まさか、あそこは二十四時間営業で、パーティー用の仮面まで売ってるんだよね、というほうを思い出す人はいないでしょう。

それで、私はその『ドン・キホーテ』という小説を、尊敬していると言うと少しカマトトっぽくて変ですけど、ものすごい文学上の遺産だと思っているんです。あの小説は、流行の騎士道物語を読みすぎて少し判断力がおかしくなってしまった老人が、自分を騎士だと思い込んではた迷惑な冒険をしていくという、要するにパロディ文学ですね。パロディではあるのだけれど、そのせいでかえってパロディされた作品を超えてしまって、人間の普遍とか、生きることの真実にまで行っちゃってるという、奇跡的な作品です。そういうことが嬉しいんですね。

と言うのは私も一応、パロディという形式の可能性に賭けて、そこで何かできないだろうかと考えている物書き、小説家だものですから、『ドン・キホーテ』は憧れと言うか、最終目標のような気がしているんです。あの、夢の彼方にある遠い目標だと言っているんですから、お前にあれは書けまいという、悲しい現実のことは言わないでほしいのですが。ま、とにかく私は、『ドン・キホーテ』はすごいよなあと、同じ物書きとしてセルバンテスをうらやましがると言いますか、憧れている男なんです。(中略)

ところが私もこの歳になって、あの小説はすごいよなあ、なんて考えているうちに、まてよ、と思ったんですね。私は確かに『ドン・キホーテ』を読んではいるんだけど、この物語の背景になっている社会のことを何も知らないぞ、と気がついたんです。

たとえば、これは読んだことのある人なら知ってることですけど、この小説の中でセルバンテスは、私はこの話の作者ではない、って書いているんですね。私は、モーロ人のシーデ・ハメーテ・ベネンヘーリという史家がアラビア語で書いたこの話を見つけて、カスティーリャ語に訳して皆さんに紹介しているだけだ、ということにしているんです。

えーと、もちろんそれは本当のことではありません。『ドン・キホーテ』はセルバンテスが書いたのであって、そこに疑いはないんですけど、そういう人を煙に巻くようなことを書いて、セルバンテスは遊んでいるんですね。

で、それはいいんですけど、よく考えたら私には、その、モーロ人というのがわからないわけです。なぜ、モーロ人がアラビア語で書いたものだということにするのか、見当もつきません。

あの、百科事典的な知識は、ちょっと調べればわかりますよ。モーロ人というのは、英語で言うムーア人と同じだそうです。アフリカ系のイスラム教徒のことです。モロッコとか、チュニジアなどから来ている、アラブ人やベルベル人のことをスペインではモーロと呼んでいたんですね。

えと、すみません、どんどん話がややこしくなってしまいましたね。ベルベル人って何だ、ということにひっかかっていきますと、わけがわかんなくなってきますので省略します。ただ、スペインにはアフリカ系のイスラム教徒がいて、モーロ人と呼ばれていたことだけわかって下さい。

そこでですね、それはわかったとしても、セルバンテスが、この物語は実はあるモーロ人が書いたものなんだ、ということにする理由がわからないわけです。それで、そのことがわからないのは、私がスペインの歴史を知らないからなんですね。これはどんな歴史を持つ国の、どんな時代の物語なんだろう、というのをほとんど何も知らなくて、ただ、騎士道物語を読みすぎた老人の滑稽な冒険、とだけわかって読んでいたわけです。どうもそ

れがですね、間違ってるんじゃないかという気がしてきました。（中略）

というわけで、スペインの歴史を考えてみることにします。簡単に骨組みのところをお話しするだけですので、少しつきあって下さい。

セルバンテスのことを考えたいわけですから、あの半島、イベリア半島ですね、そこの先史時代にまでさかのぼることはないんですが、もちろん大昔からあそこには人が住んでいました。それはあの、有名な、アルタミラの洞窟という、洞窟の中に古代人が描いた牛などの絵があるという、あれがスペインにあるんです。だから、人間が住んである種の文化を持っていたことは間違いありません。

それで、次に古代ギリシアの時代になりますと、って、どこが次なんだ、という気もしますが、古代ギリシア人はイベリア半島へも植民市を作るんです。というのは、あの半島には鉱山が豊かにあった、特に錫《すず》を産出して価値があったんですね。

ギリシアがスペインにまで手を伸ばしたのか、と考えると不思議なようなんですが、そんな昔から、地中海をどんどん船で行き交うんです。だからあの辺は、えーと、あの辺というのは南ヨーロッパと、北アフリカなんですけど、その地方は言ってみれば地中海世界という、ひとつのまとまりの中にあったようなんです。だからギリシア人が手を伸ばしてくる。

それで次に、古代ローマ時代になっても、ローマはイベリア半島にも支配の手を出してきます。ところがあの、カルタゴもイベリア半島に進出してきて、両者がぶつかるんですね。

えーと、カルタゴというのは、アフリカの今のチュニジアの首都、チュニスの近くにあった街です。こんなことは記憶にとどめなくていいですけれど、西アジアのフェニキア人というのが、海洋貿易で栄えて、地中海で大いに幅をきかせていたんですね。そのフェニキア人が貿易港として造ったのがカルタゴです。

アフリカのチュニジアにある街、なんて言うと、すごく遠い世界のような気がするんじゃないでしょうか。とんでもなく南のほうなんだろうなあ、なんて。ところが、地図を見ればすぐわかるんですけど、チュニジアって、イタリア半島のすぐ下なんですね。シチリア島から、小船で行けるんじゃないかという気がするくらいです。だからそこにあったカルタゴが大いに商業で栄えるのは、ローマにとって脅威でした。

それで、イベリア半島の利権をめぐって衝突して戦争になったわけです。紀元前三世紀のポエニ戦争ってやつですね。カルタゴの名将ハンニバルが、象部隊をつれてアルプス山脈を越え、背後からローマに襲いかかった、なんて話をきいたことがないでしょうか。あのハンニバル軍は、イベリア半島にあるカルタゴの植民市から出発しているんです。

その戦争は結局、カルタゴが負けるんですけどね。そんなわけで、イベリア半島はローマ帝国の支配する、辺境の地方、という感じになるわけなんですけども。

そのローマが少し衰えてきた六世紀になって、北から、西ゴート族というのが来て半島を支配します。この西ゴート族というのは、北欧にいたゲルマン民族の一派だそうです。

そして、ローマの支配の上にのっかるような形で、西ゴート王国というものになります。
いろんなことをごちゃごちゃと言ってすみません。とにかくまあ、イベリア半島は地中海世界の中の、ちょっと田舎びた地方として、古くから王国もあったんだと、そのぐらいに認識しといて下さい。

それで、さてここからは少し重要なんですけれど、そういうイベリア半島に、八世紀になってイスラム教徒が入ってくるわけです。どこから入ってきたかと言うと、南からです。アフリカのモロッコから、ジブラルタル海峡を船で渡って攻めかかってきたんですね。

この頃の、イスラムの拡大というのはすごいものです。そもそも、アラビア半島に出たムハンマド、えーと、よくマホメットと呼ばれるんですが、ムハンマドのほうが正確だそうです。その人が神の声をきいて、それをコーランにまとめて、つまりイスラム教が生まれたのが七世紀のことです。するともう八世紀には、アナトリア半島、これは今トルコという国があるところですね、でもまだその頃にはそこにトルコ人は来てませんでした。そういうアナトリアにも、シリアにも、ペルシアにもイスラム教は広がります。ペルシアは今の国名で言うと、イランですね。それどころか、中央アジアですね、あの辺に、ウズベキスタンとかタジキスタンとか、ややこしい名前の国がありますが、あんなところまでイスラム教が伝わっていきました。

そして、アフリカですね。エジプトへ伝わって、リビア、チュニジア、アルジェリア、モロッコと、地中海沿岸地方はすべてイスラム国になっていきました。その拡大がイベリア半島にまで及んできて、モロッコの王朝が兵をさし向けてきたわけです。

えーと、あっさりと言いますね。その結果イベリア半島は、あっけなくイスラム教徒に支配されたのです。もともとそこにはキリスト教徒とユダヤ教徒が住んでいたんですけど、イスラム国になったんです。でも、イスラム側は、改宗を無理強いはしなかったそうです。キリスト教やユダヤ教を信じたい者はそれを許す、ということですね。そのかわり、税金を取られるんですけど。

要するにこのことだけ知っておいて下さい。それ以来約八百年にわたって、あのスペインのあるイベリア半島は、イスラム国だったんです。

そして、このあたりからだんだんと、セルバンテスが生きた時代にまで話がつながっていくんですけど、そのイベリア半島で、十世紀頃からじわじわと、キリスト教側の巻き返しが始まるんですね。

イスラム側は最初こそ後ウマイヤ朝という、ひとつの大きな王朝だったんですが、やがてそれが滅びると、地方ごとに、と言うか、都市ごとに小さな王家のようになって、小王国並立のような形になっていったんですね。そういう王国を、キリスト教側の軍が、ひとつずつ戦争して奪い返していったのです。

そのことをレコンキスタ、と言います。再征服、という意味だそうです。

どうかなあ、年配の人ならば、古い映画で『エル・シド』というのがあったことを覚えていないでしょうか。チャールトン・ヘストンが将軍役をやってたスペクタクル映画です。

あの、エル・シドという人が、レコンキスタの初期の頃の、もちろんキリスト教徒側のですけど、英雄なんです。

そういうふうに、イスラム勢力をつぶせ、追い返せ、という抗争が、何百年も続いたんですね。そして、だんだんに、王家がひとつずつ陥落していったのです。コルドバが陥ちた、トレドも陥ちた、セビーリャも陥ちた、というふうになっていって、ついに十三世紀頃には、イベリア半島にあるイスラム王家は、グラナダにあるものただひとつ、ということになってしまいました。周りはもう、すべてキリスト教国に戻ってしまったんです。

そういう中で、グラナダにあるナスル朝は、えーと、そんな名前は頭に入れなくていいですから、忘れて下さい。とにかく、グラナダだけが残った。そして、それから二百年ぐらいなんとか存続したんです。

グラナダと言えば、アルハンブラ宮殿というあまりにも美しい宮殿があって有名ですけど、あそこが都だったんです。あれは単に宮殿ではなくって、高い城壁に囲まれて、中に二千人の人が住んでたという、城塞なんですね。それが難攻不落なので、二百年も持ちこたえたわけです。

ところが、ついにグラナダも陥落します。キリスト教軍に包囲されて、兵糧攻めをくらって、たまらず降伏したのですね。それによって、ついにあの半島から、イスラム王朝は消し去られたんですね。

えーと、一四九二年のことです。そしてあの、この一四九二年というのは、スペインの国王の援助を受けて、イタリア人のコロンブスが航海に出て、アメリカ大陸を発見した年でもあるんです。

そこから、スペイン王国の発展が始まったと考えていいんですね。すごいことが重なっておきるものだなあ、と思いませんか。

えーと、なかなかセルバンテスが出てきませんが、もうちょっとスペインのイスラム教徒の話につきあって下さい。つまりその、モーロ人のことですね。

とうとうスペインにイスラムの国はなくなってしまいました。アラゴン王国というのと、カスティーリャ王国という、二つのカトリック王国が協力してグラナダを陥落させたわけですね。それでこの二つのカトリックの国は合併して、合併はちょっと会社みたいで変ですけど、その二つの国の、一方の王様と一方の女王様が結婚しまして、ひとつのスペインにまとまっていったのです。

さてそうなってみて、モーロ人はどうなったかというと、住みにくくはなったけどしばらくはスペインに残って生活していた人もかなりいた、というのが答えです。中には、キリスト教に改宗した者もいました。それから、改宗したふりをする人もいたんですね。心の中ではイスラム教徒なんだけど、改宗したとして、教会のミサへ行ったりするんです。でも、改宗しないで、イスラム教徒のままでスペインに住むモーロ人もいたのです。そういうイスラム教徒をムデハルというんですけど、それは残留者、という意味です。

もちろん、いろいろと住みにくくはなったわけです。差別されたり、迫害されたりということはやっぱりあるわけですから。そうなんですけど、とりあえず百年ばかりは、モーロ人だがスペインに住むという人がいたんです。

むしろ、スペインがキリスト教のカトリックの国になって、まず国から追い出されたのは、ユダヤ教徒でした。一四九二年、というのはグラナダ陥落の年ですけど、その年に、キリスト教に改宗しないユダヤ人は国から出ていけ、という命令が出されて、約二十万人のユダヤ人がスペインから追放されています。オランダへ行ったユダヤ人が多いんですけど、そのほか、いろいろヨーロッパ各地へ散らばっていったのです。

そしてですね、だんだんイスラム教徒のほうも住みにくくなっていくわけです。モーロ人の中には商売がうまくいって豊かだなんて人もいるわけですから、貧乏なキリスト教徒が憎むということだってあります。それから、表面上はキリスト教に改宗しているモーロ人に対しても、いろんな難くせをつけるわけです。服装をキリスト教徒と同じものにしろだとか、名前をスペイン風のものに変えろとか、ある種のいじめですね。そうするとモーロ人にはかつてのイスラム王国の貴族の家柄とかもあるわけですから、そういう人物を旗頭にして反乱がおこったりします。国としてはその反乱を弾圧するとか、いろいろと大きな騒動になるわけです。

それで、結局は一六〇九年に、イスラム教徒、それから改宗したふりをしてるだけの者、そういうモーロ人は国から出ていけ、という命令が出されたのです。その結果、五十万人をこえるモーロ人がアフリカへ送られ、二十万人がフランスへ追われました。

さて、この一六〇九年という年に注目してもらいたいんですけど、これって、セルバンテスの『ドン・キホーテ』の、正篇と続篇、前篇と後篇と言ってもいいんですけど、その二つが出版されたちょうど合間なんです。正篇の出版が一六〇五年で、続篇の出版が一六一五年なんですから。

ですから、この物語は実は、シーデ・ハメーテ・ベネンヘーリというモーロ人の史家がアラビア語で書いたものを、カスティーリャ語に翻訳したものなのである、というしかけと言いますか、セルバンテスの言い分は、ギリギリで成立するんですね。続篇のほうは、国にモーロ人がいなくなってから刊行されているわけですけど、追放される前に書いたものが手に入ったのだ、ということでなんとか説明がつくわけです。そう考えますと、『ドン・キホーテ』の成立に、モーロ人というものが関わっているかのように書いてあるという事実は、実はとても歴史的な意味を持っているんだなあと、えーと私も最近になってようやく知って、感銘を受けたというわけです。

『ドン・キホーテ』の登場人物に、サンチョ・パンサという、頭のネジのゆるい正直者が出てきまして、もう一人の有名人ですね。ドン・キホーテの従者という、重要な役まわりです。

そのサンチョ・パンサの隣の住人が、リコーテという名前のモーロ人で、雑貨屋を営んでいます。そして、サンチョ・パンサとリコーテは大の仲良しだという設定です。リコーテというのはモーロ人なんだけど、訛りのないカスティーリャ語でしゃべって、善良で、スペインを生まれ故郷として愛している男なんですね。

ところがこのリコーテが、続篇の中に出てくると、外国人の巡礼団の一員に化けているんです。つまり、スペインから追い払われて家も失ったのだけど、おれはここから出ていきたくはないんだという気持から、フランス人旅行者か何かのふりをして放浪しているんですね。そして仲良しのサンチョに、埋めておいたお金を女房子供に届けてくれないか、と頼むのです。

つまり、セルバンテスが『ドン・キホーテ』をまさに書いている頃に、モーロ人が追放になるという事件があって、それが作品中にも反映されているということです。リコーテのような人が、その当時のスペインの各地には本当にいたんだろうな、と思います。

セルバンテス自身は、モーロ人のことをどう思っていたんでしょうね。そこが、ちょっと気になるところです。小説の中には、モーロ人というのは嘘つきだから、この物語もどこまで信じていいんだかよくわからない、なんていう台詞も出てくるんですけど、そういう反感だけではなかったのは確かですよね。だって、この面白い物語は、モーロ人の賢人が書いたものなんだ、という設定にしているのは、モーロ人の知性を認めているからこそでしょうから。

その辺のところが、実は私にもまだよくわかっていなくて、あれこれ考えているところなんですけれども。

それでえーと、ちょっと話を先に進めすぎてしまいました。いきなり晩年の、『ドン・

キホーテ』を書いている小説家のセルバンテスが出てきてしまったのは、話が飛びすぎているわけです。若き日のセルバンテスの話をしなきゃいけません。それと、スペインの歴史をからめて見ていくことにしましょう。

そこで、ちょっと話を戻します。スペイン内の二国が協力して、グラナダを陥落させ、やがてひとつのスペインという国にまとまっていったところへ戻りましょう。

さて、そういうスペインに、カルロス一世という王が即位します。それでえーと、この辺は詳しく説明しだしたらキリがないややこしいところなんですが、ごくごく表面的なことだけをざっと説明するだけにします。えーとこのカルロス一世という王は、母であるスペインの女王が、フランドルの貴族の青年と結婚して生まれた人です。フランドルというのは、フランダースの犬、でなんとなく知っているフランダースという地方のことです。今のオランダやベルギーのあたりのことですね。

そしてその母の夫は、って変ですね、父のことですが、ハプスブルク家の血を引く人だったのです。そのまた父親は神聖ローマ帝国の皇帝でした。

というわけで、そういう血を引くカルロス一世が王になって、スペインは、ハプスブルク朝スペイン、ということになるんです。

この辺のことは、日本人にはどうもよくわからないところです。ハプスブルク家って、スイスやオーストリアに栄えた名家のはずじゃないか、と思っちゃうわけです。なのに、どうしてスペインの王家になるんだろう、というのがわからない。つまりその、日本人の国家意識とはかなり違っていて、外国の王家とか、名家と婚姻関係を結んで、親戚になっちゃうようなことがヨーロッパにはよくあるんですね。たとえばイギリスなんかでも、オランダから王様をもらうようなことを平気でしています。

そんなわけで、神聖ローマ帝国の皇帝を祖父に持つカルロス一世を王にして、スペインはハプスブルク朝に入っていくのです。それどころかこの人は、後に父が亡くなったあと、神聖ローマ帝国の皇帝に立候補して、フランス王を選挙で破って、神聖ローマの皇帝にもなるんです。皇帝としての名は、カール五世というんですけど。皇帝をやりながらスペイン王も兼ねたんですね。

というようなことがありまして、スペインはどんどん一流国になっていったのです。それより前はですね、ヨーロッパの中でもスペインはちょっと田舎だよな、なんてふうに、フランスやイギリスからは思われていたんですね。ピレネー山脈の向こうは、やたらに陽ざしの強い、垢抜けないところだよ、なんてふうに。

それが、ハプスブルク家につながる王朝があって、その王は神聖ローマ帝国の皇帝も兼ねているんだということになると、ちょっとあなどれなくなっちゃうわけです。

しかもそれに加えて、コロンブスのアメリカ大陸発見がありまして、それ以来スペインは中米や南米にどんどん進出していくわけです。南米には黄金の国があるらしい、なんていう伝説を信じて、ブラジル以外のほとんどをスペインは植民地にしていったんです。ブラジルだけは、ポルトガルが支配したんですけど。

歴史っていうのは面白いですね。ひとつの現象をどちらから見るかで、まるで意味が違ってきます。スペインがどんどん中南米へ進出していったというのを、現地に住んでいた人の側から見ると、スペイン人がやってきて力ずくで征服していった、ということになるわけです。王の一族を虐殺して、民を暴力で支配し、キリスト教を無理矢理押しつけた、ということです。

でもとにかく、スペインは中南米を手に入れます。その上、ハプスブルク朝なんですから、ドイツとかオーストリアとか、それからまたフランドル地方なんかも自国領です。そのようにして、日の沈むことのない国、つまり、スペイン領のどこかには必ずいつでも日が昇っている、という意味ですが、そう呼ばれるような大国になっていったのです。

十六世紀はそんなふうに、大国スペインの誕生した世紀でした。南米で採掘した金や銀がどんどんスペインへ運ばれたんです。

そしてですね、そうなってみると地中海世界では、二つの強い国が覇権を争う、ということになっていったのです。その二つの国とは、スペインとオスマン・トルコでした。言うまでもないことですが、トルコはイスラム教国ですね。イスラム教のトルコと、キリスト教のスペインが、地中海の権利をめぐって不倶戴天の敵、というふうだったんです。そして、当初は、トルコのほうが優勢だったんですね。トルコは地中海で、我が物顔でのさばっていました。スペイン船やイギリス船を見つけると海賊行為をしてたんです。

ところがスペインもだんだんと大国になってきて、一五七一年のことですが、ついにトルコ海軍と一大決戦をしたんです。ギリシアのレパント湾のあたりで、双方が二百艘をこえる大艦隊なんですが、ぶつかって、一大決戦になったのです。それが、レパントの海戦です。

そして、スペインはその戦争に勝利しました。一回勝ったからといって、トルコがそれで滅びるということはなくって、その後もトルコはずーっと手強い敵ではあるんですけど、とにかく一度は勝ったというのは意味が大きいわけです。スペインは大国なり、という感じがますます確立していったのですね。

それであの、ようやくここで話が主題に戻ってくるんですが、そのレパントの海戦に、若き日のセルバンテスが、えーと二十四歳だったんですが、一兵士として参加しているんです。セルバンテスは勇気ある兵士だったんです。

彼はその戦争で、敵の撃った銃弾を左腕に受けて、生涯左手の自由を失うという負傷をします。でも、そのことを嘆いてはいません。スペインが勝った戦争に参加していたのですから、我々は勝った、という誇りを持ってたわけですね。怪我のことは、軍人としての名誉の負傷だと考えていて、むしろ自慢していたぐらいです。

えーと、そういうことで、セルバンテスの気分をなんとか想像していただきたいな、と思うんですけども。つまり、セルバンテスはスペインが日の出の勢いだった頃を知っている人間なんです。自分は負傷したけれど、我がスペインは向かうところ敵なく大躍進していくのだ、という気分だったと思います。

アジアの島国を発見して、そこに、スペイン王フェリペ二世の名をとってフィリピンと名づけて支配し、ますます日の没することなき大国となっていく我が祖国よ、という気分があっただろうと思います。

えーと、そこからのセルバンテスの人生は、思いがけない苦難の連続で、決して楽ではないんですけれども。負傷したセルバンテスはスペインに帰ろうとするんですが、その船がトルコの海賊に襲われてしまって、捕えられた彼は奴隷にされてしまいます。今のチュニジアの、チュニスのイスラム教徒に買われて、それから五年間彼は奴隷として働かされました。それで、四回とか五回とか脱走を企てるんですが全部失敗に終るんです。でも、こいつはある意味大した男だと、主人にも一目置かれるようになったそうです。そして、五年後にようやく身代金を払ってもらって、やっと自由の身になってスペインへ帰るんです。

えーと、こういうことはちゃんと言っておかないといけませんね、誰がその身代金を払ったんだろう、と疑問が残っちゃいますから。もちろんそれは、スペインにいる家族や親戚に払ってもらったんです。だから、やっと自由の身になったとは言っても、その時点で彼は大きな借金を抱えているわけです。

そして、帰国したセルバンテスは、なんとか一旗あげようと、詩集を出版したりするんですけど、いっこうにうまくいきませんでした。公務員になってみたり、商売を始めたりしますがどれも長続きしません。

それであの、一時は、税金の取りたて人になって、スペイン各地をまわったりしてます。でも、トラブルばかり引き起こすんですね。

そのうち、詐欺まがいのことをして投獄されたりもします。あんまり、人生がうまくいってる人の生き方ではありません。

そしてですね、ここが重要なポイントなんですが、セルバンテスがそういう苦労をしている頃というのは、スペインの繁栄に少しずつ翳りが見え始める頃なんです。つまり、レパントの海戦の頃がスペインの絶頂だったんですね。

一五八一年に、フランドル地方のネーデルラントが、と言うか、今日の普通の呼び名で言えばオランダですが、そのオランダがスペインに対して独立宣言をします。それ以前から独立戦争をしてたんですね。この戦争は独立宣言後も続いて、間に十二年の休戦期間をはさんでですけど、八十年も続くんです。で結果のほうを先に言えば、一六四八年にオランダはやっと完全な独立をはたして、それからは大繁栄の時代を迎えるのです。十六世紀はスペインの躍進の時代だったと言いましたけど、それにならった言い方をすると、十七世紀はオランダの時代になるんです。

それからまた、イギリスのこともありました。さっき、セルバンテスは税金の徴収人をしていた、と言いましたけど、国がかなり無理をして税金をかき集めていたのは、イギリスと戦うためだったんです。

この頃、スペインとイギリスの仲がこじれてきたわけです。だから、戦争しかないか、とスペインは考え始めてました。

それであの、スペインには有名な無敵艦隊というのがありました。戦艦六十八隻を中心にした百三十隻の艦隊です。

ところがですね、一五八八年についに無敵艦隊はイギリスのドーバーに攻撃をしかけるんですけど、なんとまあ大方の予想を裏切って、負けちゃうんですね。無敵艦隊は北海のほうまで逃げて、イギリスを大きく回る航路をたどって、ヨレヨレになって帰国したんです。

それも、スペイン凋落のきざしですよね。えーと、その後も艦隊を整備し直して、四十年間ぐらいスペインは地中海の覇権を持ち続けるんですけど、国民の気分としては、あの無敵艦隊が負けてしまった、というのはすごく大きなショックだったわけです。

そして、一五九八年には、比較的名君だったフェリペ二世が亡くなって、かなり無能なフェリペ三世が即位しました。そのことも、スペインに翳りをもたらすわけです。

その頃、セルバンテスは『ドン・キホーテ』を書きだしていたんですね。

私の言いたかったことを、とりあえずまとめておきます。セルバンテスは、スペインの栄光となったレパントの海戦を体験しているんですが、自分の人生のほうももたもたしているうちに、スペインという祖国も少しずつ傾きかけていくのを、ひしひしと感じていたんだろうと思うんです。オランダには独立され、イギリスには海戦で破れ、この国はどうなってしまうんだろう、と考えてたでしょう。

そして、どちらかと言うと学識のあるモーロ人も追い出してしまう。だから『ドン・キホーテ』という小説には、スペインよ立ち直れ、という思いが確実にこめられているはずだ、と思います。ドン・キホーテが戦っている相手は、多分、ダメなスペインなんでしょう。そして彼が、あるべき姿のスペインなのかもしれません。

その辺のことは、私もまだ考えている途中でして、今はまだぼんやりとしか言えないのですけれど、その角度でもっと深く考えていこう、と思っています。今日のところは、もう時間も予定を超えていますので、とりあえずここまでということにしておきますが。ご静聴ありがとうございました」

第8章

私に思いがけない提案がなされて、おっかなびっくりやってみる気になること

十月も後半にさしかかろうとしていた時だった。今年ももう残り少なく、なんだか心落ちつかぬ奇妙な年だったが、とにもかくにも暮れていくわけか、というような感慨を私は持っていた。心落ちつかぬ、というのは小説家の西泉貴嗣《にしいずみたかし》が雑誌に連載していた小説に興味を持ち、少し嫉妬しながらも楽しんで読んでいくうちに、その小説が暴走し始めて他人事《ひとごと》ながらハラハラした、という体験によるものだった。そして思いがけずこの私が西泉の小説に巻き込まれていき、そのことが原因になって彼の小説は連載を中止され、少なくとも今のところ中断したままになっているという事態も、私の心を騒がせた。そのことに対して私には多少なりとも責任があるのだろうか、とも思ってしまうし、小説の発表が私のせいではばまれたと感じて西泉は私を憎むのだろうか、などと考えると心穏やかではいられなかったのである。

しかし、八月頃にそういうことがあったわけだが、その後ひと月たってもふた月たっても何事も起こりはしなかった。西泉が私にいやがらせをするとか、決闘を申し込んでくるとい

うようなことはなく、だんだんと私もそのことはもうすんだことだ、というような気分になっていった。

ところが、私の心をもう一度騒がせるような事態が、思いがけなくももたらされたのである。つくま書房の桜井氏が、お願いしたいことがあり、一度ご相談にうかがいたい、と言ってきたのだ。

そう言われた瞬間に、ある予感が私の頭をよぎった。これは、ひょっとすると悩ましいことになるかもしれないぞ、という勘が働いたのだ。

だが、小説家をやっていて、編集者の一度ご相談したいを忌避するなんてできることではない。時間の約束をして、私の家へ桜井氏に来てもらったのだった。

つくま書房の桜井氏というのは、ここまで読んできた読者ならばもうわかっていることであろうが、言葉の丁重な、礼儀正しい紳士である。だから無用な噂話などはしないのであった。

私としては、好奇心もあってつい、あれから西泉さんは何か言ってきましたか、などときいてしまうわけだが、桜井氏は、あのあと西泉さんとは何の連絡もとっておりません、と答えるのみであった。連載小説が中断してしまったというのは、その作者にとっても不名誉なことだが、それを載せていた雑誌にとっても見通しの甘さを笑われるべき恥かしいことだと考えているのかもしれなかった。

そして桜井氏はちょっと予想外のことを言った。

「実は、先日先生が『世界文学への旅』のセミナーでなさいました『スペイン史の中のセルバンテス』という講演を、私は拝聴しておりました」

あの時の聴衆の中に桜井さんもいたんですか、と私は驚いた。およそ百人ぐらいの人を相手にしゃべったので、その中に知った顔があることに気がついていなかったのだ。

「後ろのほうの席におりまして、終ったあとお声をかけようかなとも思ったのですが、本にサインを求める人が何人もいたようで、お邪魔だろうと思って遠慮したのです」

桜井氏はそう言った上で、私などはスペインの歴史なんて何も知りませんでしたが、それがわかりやすくまとめられたとてもためになるお話でしたと、お世辞を言ってくれた。

「いや、この歳になって初めてちょっと勉強して、わかったことをしゃべっただけで、それまで何も知らなかったんですからむしろみっともないくらいのものですよ」

「いいえ、よくまとまっていて頭に入りやすかったです。それで、あの講演からうかがえたもうひとつのことは、先生がいよいよセルバンテスの『ドン・キホーテ』に立ち向かっていこうとされているんだな、ということでした」

「そんなこと、言ってないと思うんですが」

「講演では、そういうことをおっしゃってはいません。ですが、あのお話は要するに、セルバンテスはどういう歴史の中にいて『ドン・キホーテ』を書いたのだろう、という興味を追求したものですよね。そこまでをちゃんと知って『ドン・キホーテ』を読みたいものだという、建設的な意欲を感じ取りました。それであの、これはどうも、いよいよ先生なりの

『ドン・キホーテ』的小説をご構想中なのかな、なんてことを思ったりしたのですが」

桜井氏の言うことは間違ってはいなかった。私は、私なりの『ドン・キホーテ』はいかなるものか、について考えるために、スペインの歴史を調べたりしたのだ。

「それで、実は今日うかがったのは、もし、先生が今ご構想中の小説について、発表媒体がまだ決まっておりませんのでしたら、当社の『つくま』に連載していただけないものでしょうかという、お願いのためなんです」

「私が『つくま』に書くのですか」

「はい。お願いできないものかと思っております。ご承知のように、ああいう形で西泉先生の連載がとだえまして、以後、単発のエッセイの数を増やす形でページを埋めているわけですが、やはりもう一本、核のひとつとなる小説の連載がほしいな、というところなのです。それで、急なことで心苦しいのですが、来年の一月号から、先生のその小説の連載を始めていただけますと大変にありがたいと思っている次第なんです」

「一月号からですか。もう、時間がありませんね」

「はい。そこが少し申し訳ないのですが、一月号は十二月二十日に出るわけでして、原稿の締め切りは十一月二十三日頃ということになります」

「ひと月後ですね、だいたい」

と言いながら私は、この依頼を受けていいものだろうかと、激しく悩乱していた。それほど思いがけなくて、危なっかしい依頼だったのである。

小説家を職業としているのだから、雑誌から執筆の依頼を受けることは基本的にはありがたいことである。仕事を多くかかえすぎていて、物理的にこれ以上は書けない状態であるならば残念ながら受けられないのだが、そうでなければ引き受けるのが普通だ。あまりに変った媒体で、この雑誌の読者と、私の小説の読者はまるで別のタイプの人間だぞ、と思うような時とか、テーマや主人公が決められていて、こんな感じの小説にしてくれと言われてしまい、それは私の書きたいものではないな、と思った時などには依頼を断ることもあるわけだが。

ところがそういうことではなく、私が書きたいなと思っていたものを、うちでやってくれと言われたら断る理由はないのだ。物理的に大変だった新聞小説の連載は春に終っており、いくらか余裕もあるのだし。

＊　＊　＊

だが、「つくま」に『ドン・キホーテ』を意識した小説を連載するというのは、ヒヤリとするようなきわどいことだった。なぜなら、それは西泉がやろうとして、みじめにも失敗してしまったことのやり直しだからである。

「つくま」の、今年の一月号から西泉は、『贋作者アベリャネーダ』という小説を連載し、夏には連載中止ということになっているのだ。

そして連載が中止となったその理由が、西泉がなぜか私のことを仮想敵のように意識して、だんだん物語を忘れて、私への非難を書き始めてしまったということなのだ。そのようにして彼の小説は壊れた。

そういう事情があったというのに、あえてその雑誌に、私が『ドン・キホーテ』を意識した小説を発表するというのは、この上なく挑発的なことではないだろうか。彼の連載開始のちょうど一年後から、このテーマの小説はこう書くんだよ、とでも言わんばかりに私が連載を始めるのだから。西泉は喧嘩をふっかけられたように思うのではないだろうか。

「『つくま』に、『ドン・キホーテ』がテーマの小説を発表するのですか。それって、大丈夫なんですかね」

「西泉先生のことをお考えなのですね」

「そうです。なんだか、いやがらせのように感じるんじゃないでしょうか」

桜井氏は小さくうなずいてから、静かな声で、確実にこう言った。

「そういうことを私としても思わないではありません。しかし、いろいろ考えまして、むしろああいうことがあったからこそ、先生のその小説はうちの『つくま』に発表していただきたいと思うんです。読者もおそらく歓迎するでしょう」

「読者ですか」

「はい。うちの定期購読者は西泉先生のあの小説の中断の件を知っているわけです。そしてあの小説の中に、名ざししてあるわけではないけれど、ライバル視される作家について語られている部分があって、それが誰のことなのかわかっている人も多いと思うんです。そこで、その人の『ドン・キホーテ』にまつわる小説の連載が始まるならば、みんな大いに注目して、興味深く読むに違いありません」

だから私に書かせたいのか、と少し驚いて桜井氏の顔を見つめてしまった。この人は、礼儀正しいだけではなく、一方ではものすごく度胸のある人ではないか、と思って。

「余計なことは気にせず、書いて発表すればいいっていうお考えなんですね」

「お願いできないものか、と思っているのですが」

私は少し考え込んだ。その依頼にはある意味ハラハラするのだが、同時にまたこの上なく魅力的だと思うのも事実だったのだ。

どうせ、そろそろ書かなくちゃ、と思っていたところなのだ。その発表の場が、つくま書房のPR誌「つくま」であって悪いということはないではないか。

西泉のことがあったと言っても、あの件に私が自主的に関わったわけではないのだ。あれは西泉が勝手に私を意識して暴走したのである。

そういうことがあったからといって、私が「つくま」に書くことを遠慮しなければならないという道理はないのだ。私が小説を書くことが、西泉へのいやがらせだなんて考えるのは、実はおかしな話である。

書きたいな、と私は思い始めた。

「あとひと月ばかりで、とにかく第一回目を書かなきゃいけないわけですね」

「書いていただけるなら、この上ない喜びなのですが」

私は、はっきりと書くことを決意していた。

＊　＊　＊

「しかし、どんなふうに書こうかなあ」

ついその言葉がもれ出てしまった。

「あまり構想をねる時間がなくて申し訳ないんですが」

「いや、それはいいんです。時間がないと言っても一カ月はあるんですから、あれこれ考えられます。ただ、やろうとしていることが大きすぎて、とてもむずかしいですからね。大変だぞ、という気がしちゃって」

「私どもとしましては、だからこそ楽しみだという気がするのですが」

私は苦笑いをし、少し雑談をして自分の頭を刺激してみよう、と思った。

「『ドン・キホーテ』という小説は、十七世紀に発表されて、大変な好評のうちに大いに読まれたわけですよね。その当時のスペイン人には、あれが騎士道物語のパロディだとわかっていて、くすぐられたり、からかわれたりしているもとの小説を知っているから、おかしくってたまらなかったわけです」

「はい」

「ところが、『ドン・キホーテ』によって騎士道物語にとどめが刺されて、もうそれが読まれなくなっていったわけです。すると、皮肉なことですけど、だんだんと『ドン・キホーテ』が何をパロっているのかわからなくなっていったって、どこがどうおかしいのかがわからなくなっていったんですね。そういうわけで、十八世紀になるとあの小説は、ちょっと忘れられかけるんです」

「そうなんですか」

「文学事典に書いてあったのを読んだ程度の知識しか私にもないのだけど、そうなんだそうです。ところが十九世紀になって、主にヨーロッパで作家たちによって、『ドン・キホーテ』は再評価されたのだそうです。つまり今度はもう、何かのパロディであるから面白いなんてことじゃなくて、まぎれもなくあまりにも見事な文学作品として賞賛されたんですね。ここには完全なる人物造形がある、とか、この主人公こそスペイン人の気質をあますところなく表現しているんだとか、ここに語られているのは人間の悲しみそのものだ、なんていう評価です。そしてあらためて、古典として尊敬されるようになったんですね」

「つまり、最初に人気があったのとは、評価基準が違うんですね」

「そういうことだそうです。それで、実にいろんな作家が、ドン・キホーテ的人物を自分でも書いてみよう、と挑戦しているそうです。つまり、文学的な意味での、ドン・キホーテの子孫みたいな主人公が出てくるってことです。よく言われるのはドストエフスキーですね。彼の『白痴』という小説の主人公のムイシュキン公爵は、美しく字を書く能力がある以外は、あまりにも無垢で善人で、つまりそれをドストエフスキーは『白痴』だと言うわけですけど、そういう人間は世俗の中では悲劇にみまわれるしかない、という小説ですよ。あの主人公がまさにドン・キホーテ的人間ですよね」

「はい」

「それから、これは私が考えたんだけど、スタンダールの『赤と黒』という小説の主人公のジュリアン・ソレルというのも、自意識過剰で純粋に生きたいと思いすぎてて悲劇に突っ走っていくところが、ドン・キホーテ的ですよねえ」

「はい」

「そういう小説が実はいっぱいあるわけです。マーク・トウェインの『ハックルベリー・フィンの冒険』のハックも、ドン・キホーテなんだ、なんて言う人もいます。実は私もですね、先日、夏目漱石の『坊っちやん』を何度目かで読み直してみて、これもある意味ドン・キホーテだなあ、と思ったんです」

「ほう」

「いや、丸谷才一さんが書いていらっしゃるように、『坊っちやん』はどうもイギリスのフィールディングの『トム・ジョーンズ』が頭の中に手本としてあって書かれた小説らしい、というのも本当だと思います。それは確かなんだけど、一方で『坊っちやん』はドン・キホーテだなあとも思ったんですよ。つまり、あれはずるくて卑怯な大人の世界に、子供のままの正義心と、あきれるほどまっすぐな江戸っ子気質を持った主人公が立ち向かっていって、こっけいな大立廻りを演じているわけでして、まさにドン・キホーテでもあるじゃないですか」

「なるほど」

「それからたとえばですね、お馴染みの、男はつらいよシリーズの主人公、フーテンの寅さんだって、ドン・キホーテ的ですよね。あれもまさしく、周囲の大人とは少し価値観の違うまっすぐで気持のいい人間が、だからこそ引き起こす珍奇な失敗と騒動の数々を描いているじゃないですか。その上、寅さんには一本の映画ごとに、マドンナ役の憧れの女性が出てきますよね。あれぞまさしく、『ドン・キホーテ』における思い姫ドゥルシネーアに当たるじゃありませんか」

「そう言えば、ああいうふうに主人公の憧れの女性のことをマドンナと呼ぶのは、漱石の『坊つちやん』に始まることではなかったでしょうか」

「その通りですよ。あの小説の中で、うらなり君のいいなずけの美女のことを、赤シャツたちが、西洋画に描かれるマドンナ、えーとこれは聖母マリアのことですね、そのマドンナのようだとあだ名で呼んでるわけです。そしてあの小説以来、主人公の憧れの女性のことをマドンナとか、マドンナ役だと言うようになったんです。だから、『ドン・キホーテ』とフーテンの寅さんと『坊つちやん』は三すくみのような関係で、マドンナつながりになっているんです」

「面白いですねえ」

桜井氏は楽しそうに言った。

「面白いですけど、すごく大変だなあと気が重くなってもきますよ。『ドン・キホーテ』はそんなふうに物語のひとつの典型としてそびえ立っている作品なんですから。多くの作家が自分なりのドン・キホーテを描いてきているんですね。そこへ参加して、私もまた私なりの『ドン・キホーテ』を書くのかと思うと、仕事の壮大さに気力で負けちゃいそうになりますよ。できるだろうか、なんて」

「いや、先生ならできますとも。パロディの有数な書き手として、もともとパロディ文学である『ドン・キホーテ』のパロディを書いてしまうという、やりがいのある仕事ではありませんか」

「そうですね。自分のことをパロディの名人だと思ってるわけではないけど、パロディが好きで、だからこそ西泉さんのあの小説を気にしていたんですものね。だから、私もやりたいなと、実は思っていたんです。思いきってやってみることにしますよ」

私は桜井氏のお世辞にのせられることにした。なんとかカラ元気でもいいから調子に乗って、私の『ドン・キホーテ』を書かなければならなくなったのだから。やる気は大いにあり、不安もまたかなりある、という心境だった。

＊　＊　＊

それにしても大変なことになってしまったと、思わないわけではなかった。桜井氏が来て新連載の約束をした日から、一週間ばかりあれこれ考えてみたのだが、考えれば考えるほど、やらなければならない仕事の大きさに圧倒されるのだった。

私なりの『ドン・キホーテ』を書かなければならないのだ。それはこの上なく増長した計画ではないだろうか。

私が桜井氏に対して得々として語った通り、十九世紀以降の文学世界の中で、『ドン・キホーテ』を語り直すのは多くの著名な作家たちの意欲的な仕事だったのだ。ドストエフスキーが、マーク・トウェインが、夏目漱石がまさにそういうことをしているのだと私は説明したではないか。その上で、自分にもそういうことができると私は判断しているわけなのか。

そう考えると、身がすくんでしまうのだった。書かなければならないのは『ドン・キホーテ』的な小説ではなく、私なりの『ドン・キホーテ』なのだ。いったい私の中にドン・キホーテはいるのだろうか。

私は、ボルヘスの『伝奇集』に収められたごく短い『ドン・キホーテ』の著者、ピエール・メナール」という一編のことを思い出してしまう。それは、こんなやり方もあるのかと驚嘆してしまう、ボルヘスという作家の『ドン・キホーテ』なのだ。

ホルヘ・ルイス・ボルヘスは一八九九年に生まれ、一九八六年に死去したアルゼンチンの作家である。博識で哲学的で、論理的であると同時に連想が特異で幻想的に物語るという、二十世紀文学の巨人の一人である。

そのボルヘスの「『ドン・キホーテ』の著者、ピエール・メナール」は、なんとも人を喰った短編小説だ。ボルヘスはアルゼンチンの人だからスペイン語が母語であり、幼い頃から『ドン・キホーテ』は愛読しているし、そこから影響を受けて自分の小説を書いたこともあった。その彼がこの短編小説でやっていることは、二十世紀のピエール・メナールという作家が、自分の『ドン・キホーテ』を書いたことへの分析だ。

メナールのその作品は、『ドン・キホーテ』第一部の第九章、第三十八章と第二十二章の断片から成っていて、未完なのだそうだ。

なんですって？　という気がしてしまう。『ドン・キホーテ』のそういう断片を集めた作品を、メナールが書いたとはどういうことなのだ。

メナールは幼い時に『ドン・キホーテ』を読んだことがあったが、忘れっぽさからその話が頭の中で単純化されていたのだそうだ。そういう、ぼんやりした『ドン・キホーテ』への記憶は、これから書こうとしている小説へのぼんやりした予測のイメージとぴったりなのだそうだ。

そこでメナールは『ドン・キホーテ』を書くことにする。そのためにとった方法は、スペイン語をよく知ること、カトリックの信仰を再び抱くこと、ムーア人やトルコ人に対してたたかうこと、一六〇二年から一九一八年までのヨーロッパの歴史を忘れること、そして、ミゲル・デ・セルバンテスになることだった。そのようにして彼は『ドン・キホーテ』を書いた。

ボルヘスは何か奇妙な考えがあってものすごい冗談を言っているのである。いちばん奇天烈なところを引用しよう。

「メナールのドン・キホーテとセルバンテスのものとの比較は一つの啓示になる。セルバンテスはたとえばこう書いている(第一部第九章)。

……真実、その母は歴史、それは時の好敵手、行為の保管所、過去の証人、現在への規範で且つ教訓、そして未来への警告。

十七世紀に、『天才的な俗人』セルバンテスによって書かれたこの列挙は、単なる修辞的な歴史の賞揚である。メナールは一方こう書いている。

……真実、その母は歴史、それは時の好敵手、行為の保管所、過去の証人、現在への規範で且つ教訓、そして未来への警告。

歴史、真実の母。この考えは驚異的である。ウィリアム・ジョイスの同時代人であるメナールは、歴史を現実の調査ではなく、その源泉だと規定するのである」(篠田一士訳)

頭の中が混乱してしまうような分析ではないか。セルバンテスの『ドン・キホーテ』とメナールの『ドン・キホーテ』では、こんなに大きな違いがあると分析しているのだが、その二つは我々にはまったく同じ文章にしか見えないのだから。

しかし、ボルヘスのこの冗談は、単なる悪ふざけではないのだろう。ボルヘスは、もし二十世紀の作家が自分を限りなくセルバンテスに近づけて『ドン・キホーテ』を書いたとすれば、たとえまったく同じものが書けたとしても、その意味は大きく違っているだろう、ということを言っているのだ。

ユーモアのうちに、文学は書かれた時代の中にあり、それを読んだ読者たちの受け止め方の中にある、という主張をしているのだ。思わず笑ってしまうほど見事な、知的な冒険をしているのである。

それが、ボルヘスが書いた二十世紀の『ドン・キホーテ』であった。

そんなすごいものまであるのである。

今さら、私が書くべき『ドン・キホーテ』など残っているだろうか、という気がして不安になってしまうではないか。

＊　＊　＊

しかし、大上段に構えすぎて固くなってはいけないのだろう。私に二十一世紀の『ドン・キホーテ』が書けるだろうか、とまで思いつめても、いい結果は出ないに決まっている。もっと気楽に考えるしかない。

私はパロディをこさえることが好きで、これまでにもいろいろとふざけたことをやってきている。だからその延長線上の仕事として、『ドン・キホーテ』のパロディを書くのだ。それしか私にはやれることがないのである。

そもそも、『ドン・キホーテ』自身が、世にはびこる騎士道物語のパロディであったのだ。だから私のやることは、パロディのパロディを書くということになって、ふたひねりある物語作りという意味を持つ。それこそが私がやってみる価値なのである。

私は、そうせずにはいられない気持になってセルバンテスの『ドン・キホーテ』をあちこち拾い読みしていった。まず何より、あの才知あふれる(つまり、常識外れの)老騎士の言動を思い返してみることが、パロディを書く上で必須だと思ったからだ。

そして、『ドン・キホーテ』的発言のいくつかに再会した。

「やよ、ドゥルシネーア姫よ、この幸薄き心の思い姫よ！　君がまぐわしき面輪《おもわ》の前より立ち去れと宣《のたも》うごときいともきびしきつれなさもて、予を辞《いな》みしりぞけ給うとは、あまりといえば邪慳《じゃけん》でござるて」

ドン・キホーテはそういうしゃべり方をするのである。

「あいや方々お逃げ召さるな。いささかの危害のご懸念にも及び申さん。なぜと申すに、およそ何人に対しても危害を及ぼすごときことは、拙者の奉ずる騎士道の掟にはないことでござる。ましてご両所のお姿でもわかるとおりの、やんごとない姫君方に対してはなおさらのこと」

こういう言葉を、やんごとない姫君でもなんでもない田舎娘にかけるのがドン・キホーテなのである。自分にしか見えない架空の世界に生きているのだ。

「逃げまいぞ、ここな卑怯未練の痴れ者ども。汝らに立ち向かうはただ一騎の騎士なるぞ」声高らかにそう言って、ドン・キホーテは風車に突進していくのだ。

こんな言葉づかいや、独特の地の文章の文体の中にドン・キホーテは生きている、と私は思った。だからまずは、この文章の中に身を投じるべきであると。

ところが、そう思った時にふと私は気がついたのだ。この文章は、セルバンテスが書いたものそれ自体ではないということに。このなんともチャーミングな文章は、会田由《あいだゆう》によって日本語に翻訳されたものなのである。私は、筑摩世界文学大系第十五巻のセルバンテス著『ドン・キホーテ』も、世界古典文学全集第三十九巻、第四十巻のセルバンテス著『ドン・キホーテ』も、集英社ギャラリー『世界の文学』第一巻古典文学集のセルバンテス著『ドン・キホーテ』も持っているのだが、それらのすべてが会田由訳によるものなのだ。

同じ訳者による翻訳なのだからどれも同じなのかと思うと、細かいところで微妙に違っているという悩ましさだ(つまり、訳者は刊行のたびに細かく手を入れたということだろう)。

しかしとにかく、日本人は『ドン・キホーテ』に接しようとすれば、ほとんどの人が会田由の力を借りるしかなかったのである。

今五十八歳の私の世代が『ドン・キホーテ』を読もうとして、岩波文庫版が永田寛定・高橋正武訳だった以外は、ほとんど会田由の訳に頼らざるを得なかったのだ。ただし今は岩波文庫版が牛島信明訳に変り、ほかに新潮社から荻内勝之訳のものも出た。ようやく新しい『ドン・キホーテ』の翻訳が出てきたということだ。だが、長らく『ドン・キホーテ』は会田由の訳で読む、という時代が続いていたのだ。

　会田由は、一九〇三年熊本県に生まれた人で、東京外国語大学スペイン語科を卒業し、一九七一年に没した翻訳家だ。『ドン・キホーテ』の翻訳で特に知られるが、ほかのスペイン文学も翻訳しているし、セルバンテスを研究する本も出している。

　というのは、筑摩世界文学大系の月報の訳者紹介でわかったことで、私もその人について多くを知っていたわけではない。でも、私が学生の頃に、『ドン・キホーテ』ってどんな小説なんだろう、とのぞいてみれば、いつもその小説の翻訳は会田由だったのだ。

　歴史をさかのぼれば、松居松葉、島村抱月、片上伸、田内長太郎、進藤遠、堀口大学などによる『ドン・キホーテ』の翻訳もあるにはあるのだが、私の若い頃は、『ドン・キホーテ』を知ろうと思えば、会田由の翻訳で知るしかなかったのである。

　つまり、私の知っているドン・キホーテは、会田由の翻訳による台詞をしゃべっているのだ。

「幸運の神は、たまたまわれらが望んだよりもはるかに好都合に、われらの出来事を導いてくださるとみえる。その証拠には、サンチョ・パンサよ、かなたを見るがよい。あそこに三十かそこらの不埒《ふらち》なる巨人どもが姿を現わしているではないか。拙者は彼奴らと一戦交えて、一人残らず皆殺しにいたし、その勝利品をもってわれらも富裕になろうというのだ。なぜと申して、これは正義の戦いだからで、こういう邪悪の種を大地の面から除き去ることは、神に対する大きな奉仕でもあるからだ」

ドン・キホーテのこの日本語の台詞は、もちろんその原型を作ったのはセルバンテスなのだが、会田由によってこう発せられているのである。

ならば私の書くパロディは、会田由の書く文体でしゃべる主人公を描かなければならない。それが私の世代にとってのドン・キホーテなのだから。たとえば、こんなふうにしゃべらせてみよう。

「よっく知っておくがよい、サンチョ・パンサよ。真に偉大なる遍歴の騎士と申すものは、たとえ異郷、秘境を行く時でも、旅が大変だなどとは思わぬものなのじゃ。旅の空にあって草を枕とすることが、自分の運命と感じておるが故にな」

そういうしゃべり方をするのが私のドン・キホーテなのだ。

＊　＊　＊

というところまで考えて、文体はそれでいけばよいと結論を出した私だったが、さてその先に問題となるのは、どういう話を書けばいいのか、ということだった。そこが決まらなければ、何も書き出せないのである。

『ドン・キホーテ』のパロディだ、ととりあえず考えてみる。ということは、あのドン・キホーテを、実際には続篇のラストで彼は正常人に戻って死んでいくのだが、小説の力で生き返らせて、次の新たなる冒険をさせればいいのか。

アロンソ・キハーナなのか、アロンソ・ケハーダなのか名前すらよくわからないあの老人

（セルバンテスがいい加減に書くからである）をもう少し長生きさせ、また頭の具合をおかしくさせて自分を騎士のドン・キホーテだと思い込ませ、次なる旅に出発させるのだ。

もちろんのこと、そういう贋の続篇を書くのが二十一世紀の日本人の私なのだから、ただいかにもありがちなドン・キホーテのもうひとつの冒険であっては面白くない。続篇でドン・キホーテはバルセローナへ行ったのだから、次はトレドへ行くことにしよう、なんていうのは本物と類似の話を作っているだけのことだ。今書くからには、その必然性のあるものを書かなければならない。

たとえば、ドン・キホーテを二十一世紀の世界へ連れてくるというのはどうだろう、と私は考えた。どうやってあの老人に時間旅行をさせてしまうかについては、小説なのだからいくらだって手はあるのだ。

あの痩せ馬のロシナンテがもう死んでしまったので、やけに元気なトキナンテという馬を手に入れたことにしてもいい。その銀色に輝く馬に乗って旅すると、真っ白な霧だらけの世界を通って時を超えてしまうのだ。そして、ドン・キホーテはサンチョ・パンサと共に、二十一世紀の日本へ来てしまい、十七世紀のスペインが凋落しかかっていたのとまさにそっくりな、老人社会になっていって世も末という感じの日本で、老人であるが故の知恵と活力の重要性を、数々の闘いの中で示していくのだ。

ドン・キホーテに日本語がなぜわかるか、というようなことは小説の力を使えばどのようにだってクリアできる。トキナンテは霧の世界から出る時に、アイダユーというところを通過するのだということにしてもいい。そこを通るとドン・キホーテは日本語がしゃべれるようになるのだ。

そういう、現代老人論でもある『ドン・キホーテ』ならばできるかもしれないと私は考えた。もともとの『ドン・キホーテ』は老人の世迷い言がしばしば事の本質を突いているものだという風刺文学でもあるのだから、その書き方はありうるのだ。

しかし、三日間ほどその方向で細部まで考えたあげく、私はそのプランを捨てた。なるほどそういうものも『ドン・キホーテ』のパロディではあるのだが、それはあまりにも都合良く古典文学を使わせてもらっているだけだ、という気がしたからだ。

その小説は、ドン・キホーテという主人公を借りて、現代社会を風刺するだけのものだ。その主人公は別にドン・キホーテでなくたってよくて、たとえばの話、ファウストでも、カンディードでもいいのである。

『ドン・キホーテ』という、何かのパロディであることによって始まり、パロディであることを突き抜けて真実に至ってしまった物語、という構造には一ミリも迫っていないではないか。それでは、私の『ドン・キホーテ』を書いたことにはならない、と考えたのだ。

そこで、もう一週間ほど私はあれこれ考えてみた。私のドン・キホーテはどこにいるのだ、と捜し求めるような気分であった。

サンチョ・パンサを主人公にした小説はどうだろう、なんてことまで考えたことを告白しておこう。ドン・キホーテが亡くなった後、その人の遺志を継いでサンチョが遍歴の旅をする、という話だ。

しかしこれは、一日考えただけで捨てた。サンチョが旅をしたって、ドン・キホーテには絶対にならないのが道理であって、それは単なる牧歌的な旅物語でしかないのだから。

そんなふうにいろいろと考えているうちに十一月も半ばにさしかかり、だんだん焦り始めた。そのような時に私は、ドン・キホーテが贋の続篇の作者、アベリャネーダの正体を突き止めて実際に会う、という展開はどうだろう、と思いついたのだ。

ドン・キホーテは、その贋作を読んでおり、拙者はこのような人間ではない、と怒っている。だが、その贋作者を捜し出してこらしめようとまでは思わない。

私のドン・キホーテにそれをやらせてしまうのだ。そして、アベリャネーダの贋作がいかに無価値であるかを見事に立証してみせるのだ。

アベリャネーダのところへ行くと、そこには贋のドン・キホーテもいる、というのもありかな、と考えた。本物と贋物の、二人のドン・キホーテが対峙するのだ。そして二人は馬上槍合戦を演じる。

それを書こうかとほとんど決めかかったのだが、結局私はそのプランも捨てた。なぜならば、それはなんだか西泉貴嗣が書こうとしていた小説に似ているなあ、という気がしたのだ。

要するにそっちへ考えていくのは、贋作の『ドン・キホーテ』を本当の価値よりも高く見すぎていることになるのだ。

セルバンテスが贋作について、けしからぬものだとか、大いに間違っている、とは言うものの、それ以上には重視しないで無視しているのは、贋作にはあまり価値がないからである。贋作には、セルバンテスに本当の続篇を急いで書かせたという価値があるのだが、文学的には無視していいようなものなのである。

だから、アベリャネーダと本物のドン・キホーテを会わせるような作品は、余計なことにこだわってしまった無用の作業だということになる。おそらく、西泉の小説が失敗に終ったのも、その辺に考え違いがあったからなのである。

『ドン・キホーテ』の値打ちは、贋作が出たというところにあるのではない。だから私は、『ドン・キホーテ』の文学的意味を受け継ぐ形で、そのパロディを書くべきなのだ。

そういうことを考えているうちに、私にはおぼろに見えてくる小説があった。

第9章　私の小説が始まる

私が書いて「つくま」に発表した小説は次のように始まる。

ミゲル

1

ある作家の、作家生活四十年を祝うパーティーが開かれたのだが、その席で思いがけずちょっとした失態が演じられてしまい、こんな会は開かないほうがよかったのかと、関係者の何人かが当惑してしまったのだそうだ。

その作家というのは、麻生喜八《あそうきはち》という八十一歳になる人物で、広く世に名を知られているほどではないのだが、一方でスペイン文学について堅実な研究を重ねながら、四十一歳の時に『サンチョ・パンサの嬶《かか》あ』という作品で小説家としてデビューして以来、作品数は多くないのだが地道な作家活動をしてきているのだった。大した脚光を浴びたことはないのだが、日本中に千人ぐらいの固定ファンがいるという作家である。

研究を重ねていると言ったのは、東京外国語大学のスペイン語科を出ているこの麻生は、セルバンテスの『ドン・キホーテ』に関する研究でも多少は名を知られていて、これまでに、『セルバンテスのいたスペイン史』、『「ドン・キホーテ」の贋作騒動』、『セルバンテス／シェイクスピアの同時代人として』などの著作をものしているのだ。このうち、『セルバンテス／シェイクスピアの同時代人として』は旭光出版文化賞を受賞している。

それから、翻訳のほうの業績としては、セルバンテス著『ガラテーア』や、ソリーリャ著『ドン・ファアン・テノリオ』などがある。

そういうどちらかと言えばスペイン文学の研究者である麻生が、四十一歳の時に小説を発表して以来、五年に長編小説一冊ぐらいのペースで作家としての活動もしているのだ。そちらでは賞をとったりはしていないが、青流社という出版社が、なぜか新しいものが書きあがったと言えば出版してくれた。その会社の社長がスペイン語を話せる人物だったというのが、何か関係しているのかもしれない。

麻生の小説のほうの著作には、『狂女王ファアナ』、『私生児ドン・ファアン・デ・アウストゥリア』、『コルテスの黄金』などがある。地味な作家活動なのだが、彼の人生の中で最も人の目を集めたのは、作家活動二十年目の頃、短編小説「ジブラルタルの灼熱」を原作として、連続テレビ・ドラマ『地の果ての愛』が放送されたことであろう。その短編小説が収録された短編集は、彼の本にしては珍しく四万部も売れたものだった。

というわけで、麻生喜八は読書家ならばかろうじて名前だけは知っているぐらいの作家として、とにもかくにも四十年も活動をしてきたのだった。そのことに、青流社で彼の本を出す時のいちばん最近の編集者が気がついて、去年の傘寿の祝いにはまったく気がつきもしなかったのを詫びる意味でも、作家生活四十年の祝賀パーティーを開いてやろうと考えたのだ。

というわけで、その年の三月一日という、別に何の記念日でもない日に、妙光会館という出版関係者がよく使う催事ビルの、十六階の〝蓼の間〟において、「麻生喜八先生作家生活四十周年記念祝賀会」というものが開かれたのだった。そんな地味な作家を祝賀する会ではあったが、四十年も仕事をしているという威力がないことはなくて、出版社の社員、麻生と同じように地味な年配の作家、それからスペイン文学関係者など、百人近くの人間が五千円の会費を払って出席してくれた。

会場の中央のテーブルに、オードブルや、貧相なサラダや、ローストビーフや、アルコール・ランプで下からチロチロとあぶっている鶏肉のグリルなどがのっていて、立食でいただくというパーティーだった。そううまそうな様子には見えないのだが、それでも人が群がって不思議にみんな夢中で食べている。

給仕係のボーイが、グラスののったトレイを持って会場内をうろついており、今時、こんな場所でしかお目にかかれないという、国産ウイスキーの水割りをすすめていた。

そして、四角い部屋の長い辺の中心あたりの壁際に、一段高く壇があって、壇の上にはスタンド・マイクが立っていた。背後の壁には金屏風があって、その上に、「麻生喜八先生作家生活四十周年記念祝賀会」の文字が書かれた幕が横に張ってあった。

時間がきて、会場内がざわざわしだした頃、会場の入口のほうで拍手がおこって、人々は何事かとそっちに注目した。そこに、その日の主役が、どうしたわけなのかモーニングを着た姿で現われ、周りの人々に祝福されて体を小さく縮めてしきりにうなずいていた。握手を求めてくる相手もいて、それに応じている。

麻生につき従うのは、留袖を着た夫人だった。夫と同様、しきりに頭を下げている。会場内の人々は、主役が中央の壇のほうに進むのを好意的な視線で追った。

壇のところまでたどり着いたところで、どういう関係の誰の子なんだかさっぱりわからないまま、水色のフリフリドレスを着た五歳くらいの女の子が大きな花束を持って老夫婦に近づき、麻生に花束を渡した。拍手をする者もいた。誰なんだその子は、というような顔をしている者もいた。

花束を抱えた麻生はその日の司会役の男、それはそもそもこのパーティーを思いついた青流社の今枝という編集者だったが、その男にうながされて壇の奥に用意してあった椅子にすわった。夫人もその隣の椅子にすわる。

そこで司会役はスタンド・マイクの前に出て、「えー、みなさん」と言った。

2

会の主旨が説明され、まず最初に青流社の社長が祝辞をのべた。そのスピーチで、多くの人は初めて、その社長が麻生と同じ大学を出ている後輩だということを知った。

次に、日本文芸家協会の理事、という肩書きで、『ゴヤの生涯』などの著作がある作家の奥西啓造が祝辞を披露した。麻生先生のような、一生を貫くテーマを持っている作家が長年にわたり着実に仕事を重ねていくことこそが、この国の文化の基盤となるのです、というような話だった。

三番目に、蜃気楼トラベル株式会社の部長が祝辞をのべた。この人は何なんだろう、と思って話をきいているうちに、過去に〈ドン・キホーテゆかりのツアー〉という企画を立てて、麻生を団長とするスペイン旅行を何度もしたらしい、という事情がわかってきた。麻生先生の『ドン・キホーテ』への知識があまりにパーフェクトなので、たまたまそこにいたスペイン人がいろいろと質問をしてきたほどで、それに対して先生は流暢なスペイン語で答えたものでした、というエピソードを披露した。

ところで、そんなふうに祝辞が長々と続くうちに、壇上に腰かけている麻生は、膝に大きな花束をのせたまま、ゆらゆらと頭を前後にゆさぶり始めてしまった。完全に眠っているのではなかったが、スピーチの内容が頭に入ってこなくなり、それが一体何のためのスピーチなのかよくわからなくなり、わずかに体温が上昇してポカポカとあたたかくなってきたのだ。

　膝から花束を落としそうになったところで夫人が夫の様子に気がつき、背中をさすって意識を呼び戻し、花束を抱え直させた。麻生は瞼をパチパチとしばたたかせ、頭をまっすぐに前に向けた。

　そこで、三人目のスピーチが終り、先生のますますのご活躍を祈って乾杯、という次第となった。乾杯の発声をするのは、元マドリッド日本大使館員、という肩書きの中年男で、その男が長々と乾杯前の挨拶をするので、みんな手にグラスを持ったまま立ちつくしていなければならなかった。

　麻生も立っていた。胸の前にグラスを持って、会場内にいる人々をながめている。花束は椅子の上に置いてあった。

　誰の結婚式なんだったか、という思いがチラリと彼の脳をかすめた時に、ようやく乾杯の発声があって、人々は低いうなるような声で乾杯と言ってグラスを口へ運んだ。麻生もそのようにした。

　そして、次は麻生が挨拶をする番だった。会場内の空気が少し色づき、ざわめきがおこった。夫人がグラスを受けとってくれて、麻生はふらりと一歩前へ出た。

　司会の今枝は、麻生の表情が鈍いことに気がついた。急に指名されて壇上に上がったものの、何をすればいいのかわかっていない人のような様子に見えた。

　そこで、今枝はこんなふうに言ったのだ。

「それでは麻生先生、これまでの四十年にわたる作家生活を振り返って、どんな感慨をお持ちなのか、そしてこれから、どういう目標を持っておられるのか、私たち後進にお話し下さい」

麻生はうん、うん、とうなずいた。そして、ゆっくりとマイクの前に進み、まずマイク・スタンドを左手で握り、右手でマイクの向きを調節した。当然のことながら、ゴワゴワと大きな音が会場内に響いた。

「えー、去年八十歳になりまして、当然のことながら今年は八十一歳です。耳も遠くなりましたし、いろいろと、ボケてもきます。まだその、あの世へ行きたいとは思いませんが、こっちにいても半分くらいは、夢の中にいるようなものでして、本当に生きているんだかどうか、よくわからないようなものですが。それが、場合によっては頭のよく働く日もあります。そうすると、やはり最期には正気に戻って、自分の人生というものを振り返って自分が何だったのかをわかっていなければならないのだろうな、と思うんです」

会場内の人々は一種異様な沈黙をもって麻生の言葉に耳を傾けていた。みんな、これはいったい何の話だろうかと、いぶかったのだ。なんだか心が騒ぎ、じっとときき耳を立てるしかなかったのだが、まだざわめきがおきるのではなく、その前段階としての沈黙であった。

「そう、最期には正気に戻るということです。あの夢の中に生きていた遍歴の騎士が、最期には善人のアロンソ・キハーノに戻って、こう言うでしょう。『わしは今正気に返っておる。かつてはドン・キホーテ・デ・ラ・マンチャであったが、今は先にも申したとおり善人アロンソ・キハーノだ』と。あそこはなかなか悲しいところですね。狂っていたのが正気になったのだから、目出たいことのようにも思えますが、善人のアロンソ・キハーノが戻ってきてしまえば、それでドン・キホーテは消え去ってしまうんですから。そういうふうにあれは、主人公の抹殺ですね。こわいところなんです」

そう言って、麻生は言葉を切った。そして、ふいに首を左右に回して、会場内の人々を見回した。なんだか驚いているような表情に見えた。

人々は、何か奇怪なことがおこってしまうという予感を持った。だからこそ今枝は、少しあわて気味に、「では」と言葉をはさもうとしたのだ。

だが、麻生はそれまでより声を大きくして言った。

「いや、いや、いや。まだまだ死ぬわけにはいかんのです。その、まだ死ぬわけにはまいらぬのじゃ。なぜと言うて、わしがいなくなることによって、かのドゥルシネーア姫を苦しめんとする輩《やから》が、やれ嬉しやと快哉を叫ぶようなことを見逃すことはできぬからなのじゃ」

そう言って麻生は人々の顔を睨みつけた。

「わしの見るところでは、この者どもは騎士ではない。下司下賤《げすげせん》の輩《ともがら》だぞ、サンチョ」

麻生は右手を振り上げようとし、マイク・スタンドに手の甲が当たってそれは倒れてしまった。

3

作家生活四十年の祝賀パーティーの翌日、麻生喜八は不機嫌にむっつりと黙り込んでいた。書斎に閉じこもっていたが、机の前にすわるのではなく、革張りのソファの上にあぐらをかいて、なんとなくうなだれていた。夫人は、とばっちりをくらってはたまらないと思うのか、近寄ってこなかった。

自分が何か失態を演じたようだ、というのはわかっていた。ところが、どんなへまをやったのか、具体的には思い出せなかった。だから、宿酔《ふつかよ》いで迎えた朝、昨夜のことを断片的に思い出してはゾッとするような、そういういやな気分だった。

きのうが、自分の作家生活四十年を祝う祝賀会だったことはわかっている。そういう祝いの席で、出席者の注目を集めてスピーチをしたのだ。

ところが、そのスピーチまでの時間がだらだらと長かった。だんだんと、誰が何のためにしゃべっているのかわからなくなってくるぐらいのものだった。おまけに、前夜さすがに興奮気味でよく眠れなかったことがたたって、なんだか眠くなってしまったのだ。

それで、少しぼうっとした状態のまま、スピーチをしてしまったのだ。自分がどんな様子で、どんなスピーチをしたのか麻生は覚えていない。だからこそ、そういう自分が他人にどう見えただろう、と考えると背筋がヒヤリと寒くなるのだった。

気がつくと、三人ばかりの男に抱きかかえられるようにして歩いていた。椅子が何脚も積み重ねてあったあそこはどこだったのだろう。

「お疲れでしょうから、お休みになったほうが」

ということを誰かが何度も言っていた。どこかの椅子にすわらされた。それから、留袖姿の妻がしゃがみ込んで、お父さん、大丈夫ですか、と言った。私の行動に何か文句があるのかと、ひどく腹が立った。

もちろん、そのあとのことも覚えている。青流社の今枝が、家までタクシーで送ってくれたのだ。助手席に乗った今枝はほとんどしゃべらず、麻生もむっつりと黙りこくっていた。

何を言ってしまったんだろう、と一夜明けて思う。どうも、夢うつつの状態の中で、場違いなことを口走ったことだけは確かなようだ。日頃考えていたことが、眠気の中でポロリと出てしまったのかもしれない。

それは当然のことながら、他人の目には奇異に映ることだったであろう。おそらく、ボケてしまった老人があらぬことを口走っている、というふうに見えたに違いない。

声を出すのも億劫で麻生はずっとソファの上にうずくまっていた。

午後の二時に客があった。青流社の今枝が一人で来ていると妻が言う。居間に出て、会ってみるしかなかった。

今枝は隠し事のできない男で、顔にありありと、様子を見に来た、と書いてあるような具合だった。

「きのうはどうもお疲れさまでした」

と言った。

「疲れたわけではないんだけど、ちょっと変なところを見せちゃったようで、みっともなかったなと反省してるよ」

「いえ、そういうことはなかったんですけど、その、会の進行がもたついていたのもよくなかったのかと」

「つまりあれなんだ。自分のための会だと思うもんだから、やっぱりどこか緊張しててね、気が張りつめてたんだろうな。そうしたら、かえってそのせいで眠くなってきちゃってさ、その、夢見心地でしゃべってしまったらしい」

「ああ、わかります。あんまり緊張しすぎると、かえって意識が飛んじゃうみたいな。ありがちなことだと思います」

今枝が探りを入れるようにしゃべっていると、麻生は気がついて、感情を害した。

「まあ、ボケても不思議はない年なんだから、この先はこういう失敗も多くなっていくんでしょう。あんまり気にしてもしょうがない」

「ボケている、というような様子には見えませんでした。と言うより、ああ、何か勘違いをなさっているようだな、ということでして、よくあることでした」

「勘違いもしますよ、この先は大いに。でもまあ、脳の具合のいい時に、なんとか仕事をね、続けていければそれでいいんだ」

「そうですとも。きのうの会はこの先の先生にとっての出発点だったと思うんです。これからが、お仕事を大きくまとめていく時期ということになるんですよね」

麻生はようやく、かすかに笑った。

「この先、どれだけ仕事ができるものなのか、少々心もとなくはあるんだけどね、でも、いくつかは死ぬ前に片づけておきたいことがあるよね。それをなんとかやりとげたいというのが、老後の希望だよ」

「そのお仕事を楽しみにしています。先生の最後の、いやその、今後の課題というのはどんなことになるんですかね」

麻生は若い編集者を鋭い目で睨みつけ、叱りつけるように言った。

「それはもう、決まっているじゃないかね。もう一篇、あの続きを書くんだよ」

「あの続き、ですか」

「うん。一度は続篇までで終りにしようかと考えたんだがね、だんだんと気が変ってきたんだ。あの主人公をあんなふうに死なせてはいかんよね。ぼくは残された人生で、『ドン・キホーテ』の第三部をなんとしてでも書きあげるよ。左腕は動かなくても、この右腕が動く限りは、あの老人にもうひと働きしてもらわにゃいかんのだよ」

麻生はそう言って、実際にはない顎鬚をなでさするような仕草をした。

＊　＊　＊

私の「ミゲル」という小説は、「つくま」の二月号に第二回が掲載されるというふうに、順調に進んでいった。もっとも、その小説の中に描かれる事態は、決して順調なものではなかったが。

ミゲル

4

青流社の社長大橋は、肘かけつきの椅子に浅く天井を見るようにすわり、両足をデスクの上にのせていた。靴は床に脱いである。

「それって、すごいことだぞ」

と大橋は言った。

「何がですか。麻生先生がボケ始めたことがすごいことなんですか」

今枝は社長のデスクの前に自分の椅子を引いてきてすわっており、そう言った。

「そうだよ。だって、普通のボケ方じゃないんだぞ」

「え?」

「先生はさ、『ドン・キホーテ』の第三部を書かなきゃいけないって言ってるんだろ。一度は主人公が死ぬところまで書いて終りにしたけど、それでは不本意だから続きを書くって」

「そうです。なんか、痛々しい気がして、何も言い返せなかったですよ」

「どうして痛々しいんだ」

「だって、自分が誰なのかわからなくなっているってことでしょう。『ドン・キホーテ』の第三部を書きたいってことは、つまり……」

「そこがすごいんじゃないか。麻生先生はだな、自分のことを『ドン・キホーテ』の作者、つまりセルバンテスだと思っているんだぞ」

「悲しい老人ボケじゃないですか」

「悲しいどころか、ものすごいことだよ」

大橋は椅子にすわり直し、足を靴の中に突っ込んだ。デスクに肘をついて興奮をおさえるように言う。

「麻生先生はスペイン文学の研究者で、その中でも『ドン・キホーテ』が専門だ。一生をその小説の研究についやしてきて、何度読み返したか数えきれないくらいだろうな」

「そうでしょうね」

「そういう人が、年を取って少しボケてきたんだよ。そして、先生が一方で小説を書く作家でもあることがからんでくる。『ドン・キホーテ』を読みすぎた先生は、それを自分の書いた小説だと思い込んでしまってるんだ」

今枝は、それはわかっている、と言わんばかりにうなずいたが、次の瞬間、「あ」と発声する形に口を開いた。

「ボケて、自分をセルバンテスだと思い込むってすごいことだぜ。そんなふうに思えるのは、麻生先生ぐらい『ドン・キホーテ』づけの人生を送った人でなきゃありえないことだ」

「確かに、すごく珍しいことですけど」

「珍しいだけじゃないよ。それはとんでもない文学的現象かもしれん。『ドン・キホーテ』を読みすぎておかしくなった作家が、自分をセルバンテスだと思い込んで、続きを書こうとしてるんだ。それって、ドン・キホーテだろう」

大橋は麻生喜八と同じ大学を出た後輩で、スペイン文学には親しんでいるから、当然『ドン・キホーテ』を読んでいるのだ。

「ドン・キホーテって？」

「つまりこうだよ。アロンソ・キハーノという老人の郷士が、騎士道物語ばっかり読みすぎて、自分も騎士なんだと思い込んじゃうのがあの小説の構造だ。我輩は名誉ある騎士であり、ドン・キホーテと申す者。思い姫のために遍歴の旅をいたしており申す、とか言っちゃってトンチンカンな失敗を重ねていくわけじゃないか」

「そうか。麻生先生もそれに似ているんですね」

今枝はつぶやくようにそう言った。

「これまで何十年にもわたって、『ドン・キホーテ』を研究してきて、セルバンテスはどんな考えからこう書いたのか、なんてことを考えてきた人だよ。そういう人だからこそ、老いて判断力が鈍ってきた時に、ついに向こう側へ突き抜けちゃったんだろうな。私はセルバンテスなんだ、だからあの物語の続きを書かなきゃいけない、と」

「それで、第三部を書くんですか。それ、本当に書けるんですか」

「そこだよ、問題は。頭がおかしくなってしまったからこそ現代に出現した錯覚のセルバンテスは、はたして『ドン・キホーテ』を書くことができるんだろうか。書くとしたら、どんなものを書くのだ。それは、スペイン語で書くのか、それとも日本語で書くのか」

「麻生先生はスペイン語で書くことだってできる人ですもんね」

「ものすごくわくわくするよな。つまり、そういうふうにおかしくなった麻生先生が、自分をミゲル・デ・セルバンテスだと思い込んで書く『ドン・キホーテ』の第三部は、その存在自体が、ドン・キホーテの珍妙な冒険と同格のものだよ。どんなにヘンテコな小説だったとしても、それはどうだっていいんだ。間違いのセルバンテスが書いた小説だということに、ある種の文学的価値があるんだから」

大橋はそう言ってふわりと立ちあがった。しきりに何かをプランする様子に見えた。

「先生がどのくらいそういうふうにおかしくなっているかが問題だな。そんなふうに自分が誰なのかもわからなくなって、我こそはセルバンテスなり、と思っている時間がずっと続いているのなら、すごいことになるんだから。そういう人間の書いた『ドン・キホーテ』ならぜひ読んでみたいじゃないか。一体どんなものが書けてしまうんだろう」

「書けるんでしょうか」

「書いてほしいよ。おれはその『ドン・キホーテ』を出版したい」

麻生先生は最後にそれを書くために作家としても活動してきたのかもしれない、と大橋は思った。

5

ところで、麻生喜八の老人ボケはかなり重症のものであった。今日、老人ボケという言葉はあまり使われず、一時期はアルツハイマー病と言われていたが、今は認知症と称するのが普通だ。とにかく、名称は何であれ、麻生の病状はかなり重かったのだ。

人前で大恥をかいたらしい、という思いが彼の思考を閉鎖的にし、悪循環をもたらしたのだ。現実から目を外らしていたい、という欲望のせいで、彼の思考はひとつところをぐるぐると回転し始めた。

ただし、一見しただけではその異常は見えにくい。ほぼ一日中机に向かって何か書きものをしているのだから、それだけを見れば以前とそう違っていないのである。

麻生の夫人は、夫の異常に気がついていなかった。ずーっとああいう生活をしてきた人だと思っていたし、万一夫の不機嫌のとばっちりでも受けたら損なので、なるべく近寄らないようにしていたのだ。だが、もし仮に夫人が夫の近くに張りついていて、どんなことをしているのかを一日中観察していたとしても、異常に気がつくことはなかっただろう。

ひたすら原稿用紙に向かって、文字を書き綴っている姿が見えるばかりで、それだけを見ればこれまで通りの麻生の姿なのだから。

異常は、麻生の頭の中にあった。そこに、セルバンテスが宿っているのだ。

麻生は書き進めていた。どうしてなのか、そのセルバンテスは縦書きの原稿用紙に、日本語を書いていた。

ある日、彼が書いていたものはこんなふうである。

読者への序言

あるいは、やんごとない、もしくは下々の読者にとって、ここにこのような序文が書かれていることは意外なことであるかもしれない。なぜなら私がここにこうして序文を配し、それを書き終えたら、そのあとへ読者にとって既に馴染み深い『ドン・キホーテ』の第三部を書き連ねようと計画していることが、想像を超えた事態であるかもしれないからである。あのドン・キホーテは後篇の最後に、死んで埋葬されたではないかとご不審のむきがあるやもしれない。死んだ男が今一度蘇って活躍をするというのは、いくら話に筋の通らぬことがよくあるモーロ人の記録を元にしているとはいえ、奇怪すぎる成りゆきと言わねばならないからである。

それについてはまずここで、かような次第であるときっぱりと説明をしておくべきであり、そのために私はこうして序文の筆を執っているのである。

正直なことを申せば、読者に対してすべてを打ちあけるのは少々ためらわれるのだが、あの後篇を書いていた時の私はある二つの理由から少しばかりあわてふためいていたのだ。その理由のひとつは、まだ記憶にとどめおいておられる方も多かろうと思うが、トルデシーリャスで孕《はら》まれて、タルラゴーナで生まれたとされているあの贋物の『ドン・キホーテ』が世に出回っていたためであり、私としては一刻も早く私の手になる本物の『ドン・キホーテ』をつくりあげ、こちらが本物であると世に訴えねばならぬと焦っていたというわけである。そのためについ私は、シーデ・ハメーテ・ベネンヘーリの記録を読み誤って、アロンソ・キハーナはベッドの上で大往生をしたものだとばかり思ってしまったのである。しかしながら私は、そのことをとりわけ大きな恥だとは思っていない。というのは、まったくあの時は、あわてざるをえない仕儀であったからだ。

すなわち、贋の『ドン・キホーテ』を蹴散らすためには一刻も早く本物を書き上げねばならないという事情があって気がせくばかりだというのに、その一方ではあの頃の私はひどく体調を崩していて、ともすれば書き続ける気力も失せがちだという具合だったのである。この物語をどうにか書き上げることができたとして、それからはたして私は一年以上生きながらえることがあろうか、という弱気の虫にとりつかれるほどのものだった。

そのせいで私は、とにかく後篇まではなんとしても書くが、それ以上続けることは私にはもうできないことであろうと観念していた。だとすれば、我がドン・キホーテにも死んでもらうしかあるまいと考えたのである。なぜと言って、主人公がまだ生きているということならば、またしてもあのこそ泥作家が、それともそれとは別のインチキ作家が、ドン・キホーテの偽りの物語を書くかもしれぬからである。そういうわけで、私がこの手で第三部を書けそうもないのならば、我が手でかの英雄をただの善人のアロンソ・キハーノに戻し、死んでもらうしかないと判断したのであった。

ところが、真理と正義を筆の力でもって語れと私に命じる神は、私を易々とは死なせてくれないのであった。

読者よ、驚くなかれ。私は今も現にこうして生きている。相も変らず金には困り、片腕の自由はきかぬのだが、心労はひとつもなく、どこにどうやって生活しているのか極めてぼんやりとはしているのだが、物語を生み出す頭脳だけは冴えわたって、さてどういうわけか、生きて、考えて、物語れるのである。

ならばあの英雄を殺してしまう理由はひとつもないという道理である。はじめのもくろみ通りに、あの老人を生き返らせて、真に深みにまで達している空前の第三部をつむぎ出してみせようではないか。

私の信ずるところでは、以下に語られるこの物語の第三部こそが、物語全体にとって最も価値ある部分となるはずである。

6

たとえばそういう序言をほとんど丸一日かけて書いている時、麻生はあたかも何者かの霊魂が乗り移ったかのようにうつろな目をして、それでいて背筋はピンとのばして肘を張り、操り人形のようなぎこちない動作で文字を綴っていくのだった。そして書きながら、時折小さく独語した。

「もちろんのこと、そうでなくてはなるまい」

とか、

「それこそものの道理というもの」

などと一人つぶやくのだ。

そして、序言を書いていた次の日には、まだ序言は終っていないようなのに、ふいに物語の本篇に取りかかったりするのだった。はたしてちゃんと計算があってのことなのか知るよしもないのだが、こんな断片を老作家は書き記すのだ。

第一章　ドン・キホーテはいかなる次第で死んだものと思われたか、そしてどのように生き返ったのかについて。

聡明きわまりなきシーデ・ハメーテ・ベネンヘーリは、ドン・キホーテの四回目の出奔について物語るにあたって、それを読者の心に強く迫るものにするためには、一度その名高い話を終ったものと思わせるのが効果的であると考えたものらしい。人間にまつわる事柄はすべて永久不変ではなく、常にその始めから、最後の結末まで下降をつづけてゆくものだからである。であれば、かくしてこの男は死去したのであった、と書いてあれば、誰しもその人間が最下端にまで到ったと考え、心の内に幕を下ろしてしまうであろう。もうこの話に続きはない、それはもう主人公が死んだのだから間違いないところだ、と人々が思うことが狙いの筋であったのだ。そのように一度ケリがついたとばかり思ったところへ、さて、あの男が生き返ってもう一度、最後にして最大の遍歴の旅に出たのである、とあれば大いに驚くであろうし、期待もつのろうというものだからである。

確かにドン・キホーテは一度善人アロンソ・キハーノに戻り、遺言状も作成した。そして姪と家政婦と住職と公証人に見守られて、いかにもキリスト教徒らしく床の上で大往生をとげたかに見えた。そして、サンソン・カラスコは彼のために碑銘も作ったのである。

勇ましの郷士ここにぞ眠る、
きわまれるそれが勇気は
死の神も君が生命を
死をもってかち得ざりしと、
世の人は語り伝えぬ。

ところがそのように誰も彼もが死んだとばかり思っていたドン・キホーテが、村の人々との別れのために一夜ベッドに寝かしつけられていたまさにその夜中のこと、ふいに大きくうなり声を発したかと思うと、カッと大きく目を見開いて、両手をさし上げて長々とあくびをしたのだった。つまり私の言いたいのは、生き返ったのであった。

そういうことを書いた次の日には、麻生はいきなり別の場面、どうやらドン・キホーテとサンチョ・パンサが次なる冒険の旅に出ようと相談をしているシーンの断片を書くのだった。こんなものである。

「わしの友サンチョよ、わしがいささか長すぎる眠りをむさぼっていたといって、わしがもう以前のわしではなくなっているなどとは決して考えまいぞ。わしは長い眠りのおかげですっかり健康を取り戻し、頭脳のほうも冴えわたっているのだ。されば、わしたちがしなければならぬことは言うまでもなく明白ではないか」

「ああ旦那さま、違うだよ。お前さまはもうすっかり正気に戻って、善人のアロンソ・キハーノとなっておられたではねえか。そしてわしに対して、この世に遍歴の騎士が今もあるという、あやまった考えからおぬしを道づれにしたことは悪かった、どうか許してもらいたいとあやまっただよ」

「よまい言を口にするではない、サンチョよ。今もこの世に遍歴の騎士がいるということがあやまった考えなどであるわけがないではないか。なぜなら、ここに現にわしという、名をドン・キホーテと申す騎士がいるというのがその証拠だ。どこの馬の骨とも知れぬ、アロント・キロントとかいう善人と、このわしとを取り違えないでくれ」

「そんな名ではございませぬだ。アロンソ・キハーノですだよ。それがお前さまの本当の名で、善人の郷士だということがどうしてわかりませぬだ」

「笑止なことを申すではない。よいか、サンチョ。そなたに騎士の徳について話しきかせても、鶏になすびの味を語りきかせるが同様の無駄というものじゃろうから、まずは欲に働きかけてみるのだが、そなたは一国の領主になるという夢を忘れたのか。そなたのその

というところでこの断片は終っている。

麻生は、頭に思い浮かぶ様々の断片的場面を、とりあえず文字にしていくという書き方をしているものらしい。彼には、ドン・キホーテがやりそうなこと、言いそうな文句が次々に浮かんでくるらしいのだ。そしてサンチョがそれに対してどう反応するかまで、明瞭に見えているのだろう。

だからいくつかの場面が幻のように消えてしまうのを恐れて彼は書きとめる。その結果、バラバラの物語の部品がいくつかたまることになっていくのだ。

しかし、部品がちらばっているだけでは長篇の小説にはならないのは当然のことである。いくつかの部品が全体構造の中に組み込まれ、堅牢な建造物のように構成されてこそ、長

篇小説ができるのだ。はたして、麻生喜八の中のセルバンテスは、その構成力を持っているのであろうか。それについては、この時まだ誰にもわかっていなかった。

というところまでが、私の「ミゲル」という小説の二回目の分である。

第10章

小説は進んでいくが、厄介な事態も持ちあがる

「ミゲル」という小説を書き継いでいくことはなかなか楽しい作業であった。私としてはその小説の構造が気に入っていたのだ。

日本人のある老作家が『ドン・キホーテ』の第三部を書こうとする話である。その作家はスペイン文学の研究者でもあり、生涯に幾度となく『ドン・キホーテ』を読み返しているという、その小説のフリークのような人物だ。そして、そういう人間が年老いてボケ始めた時に、自分のことをセルバンテスだと思い込む、というのがミソである。そういう思い込みによって出現した間違いのセルバンテスが書く第三部なのだ。

麻生喜八の書いたという、その小説の断片を私はいくつもこさえていった。つまり、老作家の壊れかけた脳には、そういう小説の部品が次々に浮かびあがってくるらしい、という設定である。

ところが、麻生にはそんな細切れのシーンが浮かびあがるばかりで、それらを構成してち

ゃんと背骨のある長編小説にまとめあげるということがどうしてもできない。間違いのセルバンテスには、本物にはあった構成力、つまり、文学的体力、というような言い方をしてもいいかと思うが、それが不足していたのだ。

たとえば麻生は、次のような興味深い断片も書いている。

そのような次第で、どう言いきかせてもすっきりと理解しそうにもないサンチョにほとほと手を焼いたドン・キホーテは、従者を手で追いやるような仕草をしてこう言った。

「もうよい、サンチョよ。拙者がいかに優れた忍耐力の持ち主であっても、おぬしのその物わかりの悪さにはいささか飽き疲れてしまったわ。これ以上同じことを言いきかせてもおぬしの耳には春のそよ風が吹いてくるかのようにしか思えぬとあらば、説ききかせるのをひとまずやめにしよう。いかなる名言も、それをきくだけの耳を持っておらぬ者に言ってきかせても詮なきことだからな」

するとサンチョは首をすくめてこう言った。

「そいつはありがたいことでさ。いつもの、さあわしらは旅に出にゃなんねえ、という話はきき飽きておりますからね。ところで、わしがここへ来たのはその話をきくためではねえだよ。なんでもえらく遠くからやってきたという客人がいるだが、その人をここへ通してもいいんだかどうかききに来ただよ。やけに暗い表情の、偏頭痛持ちのような客人ですがね」

「おぬしはここへ客人があることを告げに来たと申すか。それならばなぜそれを早く言わぬのだ」

「言おうと思っているのに、旦那様がわしにものを言う暇を与えずにいつものやつをまくしたてたでがすよ」

「もうよい。おぬしの話につきあっていては時が無駄に過ぎていくばかりだ。その客人とやらをここへ通すがよい」

そこでサンチョは部屋から出ていき、しばらくして黒い服に身を包んだ、どこからどう見てもスペイン人には見えない、表情が暗く、黒い髭を生やした痩せた男が入ってきた。そしてその男は言った。

「おお、まさしくこの老人こそが、騎士の中の騎士にして、悲劇のうちに勝利を掴む奇跡の男、ドン・キホーテその人だ」

「その口ぶりからすると貴公はどこぞのやんごとないお方のようでござるが、拙者のことをどうして知っておられるのであろうか」

「あなたのことをどうして知っているかとおききになるのか。言うまでもないことではないか。私はあなたのことを読んだのだ」

「なるほど。貴公もそのクチでござるか。いやはや、モーロ人のシーデ・ハメーテ・ベネンヘーリなる者が拙者の旅の模様を書いて出版しておるという次第で、いろいろなところで、私もあれを読みました、とか、見事な活躍ではございませぬかなどと声をかけられるようになっており申す。貴公もそれを読まれたわけでござるな」

「その、あなたの父が書いたものを、継父がまとめたものを読んでいるわけです。いや、そういうものをロシア語に翻訳したものを読んだというのが正確なところだが、違う違うそんなことは取るに足りぬ小さなことだ。間違いないのは私は『ドン・キホーテ』を読んだということなのだ」

「お見受けするところ、貴公には時々感情が激するという気質があるようだが、はばかりがなければ教えて下さらぬか。名は何と申されるのかな」

「私の名を、ついにドン・キホーテに告げる時が来たのか。そういう時があろうものかどうか、どれだけ空想したことだろう。私は、ドストエフスキーです。フョードル・ミハイロヴィチ・ドストエフスキー」

ドン・キホーテは自分のことが書いてある本の読者に会ったりする、ということをもう一歩進めて、だからドストエフスキーにも会ってしまう、というアイデアである。

しかし、麻生喜八にはそのシーンがそこまでしか書けない。折角のアイデアなのに、そこまでまた中断してしまうのだ。彼は一日机に向かって、そんな断片をただ生み出していくばかりなのだ。

そうこうするうちに、彼の異常は少しずつ進行していってしまう。ついに、夫人に対して、あなたはどなたですかな、と言ってしまう事態になる。夫人はさすがにもうほうってはおけないと考え、青流社の社長大橋に相談をし、夫を病院に入れるのだった。

しかし、自分のことを病人だとは思っていない麻生は、病院を抜け出して自宅に帰ってしまう。その上、病院のほうも、認知症というのは治療してよくなるというものではないので、家で面倒を見てもらうしかないのだ、と冷たいことを言うのだった。そういうわけで、麻生はセルバンテスとして、一日中机の前にすわってあれこれ書きためていくばかりだった。

「ミゲル」という小説は、第四回目までで、そこまで話が進んでいた。

＊　＊　＊

「つくま」の四月号が私の手元に送られてきた。まだつくま書房との間に仕事を通してのつきあいが生じる前から、そのPR誌は毎月送られてきており、私も一通りは目を通していた。ところが、そこに小説を連載するようになってからは、あなたの小説が載っているのだから人に配ることもあるだろう、という判断なのか、同じものを三冊送ってくれるようになった。そして以前からの、この人に毎月一冊送る、というほうにもストップがかかることがなかったので、それも届くのだ。合計四冊も私はそのPR誌を受け取ることになって、さて先月号にはどこまで書いたのだったか、ということを調べようとすると、雑誌の山をひっかきまわさなければならなくなった。ありがちなことではあるのだが。

ところで、「つくま」の四月号が送られてきたということは、私が五月号のための「ミゲル」の第五回目をファクスで入稿してすぐの頃だということである。連載小説も五回目ぐらいまで進めば、この話もなんとか軌道に乗り、しばらくはそう苦労しなくても書き継いでいけるだろうという気がして、一息つける頃合いである。そんなわけで、私は少し油断していたかもしれない。

机の上の電話が呼び出し音を鳴らした。午後九時半ぐらいのことである。軽い雑学のエッセイを書いていた私は、ペンを置いて受話器をとった。

「もしもし」

この時間ならばセールスの電話ではあるまい、と私は思った。どこかの編集者という線はありうるし、親戚、友人のケースも考えられる。

「もしもし」

と私はもう一度言った。何の返答もなかったからだ。変だな、と思った。

「もしもーし」

と少し声を大きくして言ってみたがそれにも応答がなく、私は、間違い電話か、とつぶやいて受話器を置いた。

間違い電話をかけておいて、間違えました、すみません、ということを言わずにすぐ切ってしまう人がいる。そのケースかと思ったのだ。しかし、それならば先方が切ったところからはツーツーという音がするはずか。何の音もしなかったのはどういうことなのか。

携帯電話かな、と考えた。あれが世に出まわってから、かかってはくるがすぐに切れてしまう、というケースが多くなったような気がする。圏外にいるんだとか、トンネルに入ってしまったとか、何かそういうことなのだろう。

まれにだが、私の電話番号にファクスを送ろうとする人がいる。私は電話回線を別に持っていて、それをファクス専用に使っているので番号が違うのだ。なのに電話のほうの番号で強引にファクスを送ろうとするのだ。

その場合ならば、こちらが受話器をとると、ツーッ、ツーッと、信号音がきこえる。またここへファクスを送ろうとしている人がいるぞ、とすぐわかるものだ。

あれはわずらわしいものである。ファクスというのは、一度の送信がNGだと、自動的に待機してしばらくしてからリダイアルすることになっていることが多い。だから、一度ダメでも二度、三度と同じことがおこるのだ。思わず、むこうに声がきこえるのではないかと、ツーッ、ツーッに対して、「この番号はファクスではありません」なんて話しかけてしまう。

しかし、何の応答もなく、信号音もしなかったのだから、そのケースでもないわけだ。

というところまで考えたところで、再び呼び出し音が鳴った。そういうこともありうるか、と思っていた時にいきなり鳴り響かれるとギクリとする。三回呼び出し音を聞いてから私は受話器をとった。

「はい、もしもし」

またしても何の応答もなし。信号音もせず静まり返っている。

いや、気のせいかかすかに息を殺しているような気配が感じられた。

「もしもーし。どなたですか」

と言ってみて反応がないのを確かめると、私は受話器を置いた。胸がザワザワして息苦しいような気がした。

いやがらせの無言電話というやつか、と思ったのだ。何者かが意図的に私を悩ませようとやっていることなんだと。

もちろん私にはその相手の想像がついていた。想像がつくと言うより、直感的にあいつだ、という気がしたのだ。

自分も無言電話の被害にあっているのだと書いていた妄想作家が、逆襲のつもりで始めたのかもしれない。なにしろ彼は、私が彼を無言電話で苦しめたと思い込んでいるのだから。

西泉貴嗣は私に嫉妬しているのだろう。私の小説が「つくま」に順調に連載されているということが、彼から理性を奪うのかもしれない。なぜなら彼は一年前に同じことをしてみて、無残にも失敗しているからだ。

そういうことがあっただけに、西泉は私の「ミゲル」という小説を気にしているに違いないのだ。それが『ドン・キホーテ』を意識した小説であればなおさらのことである。おれの小説は連載中止にされ、一方この小説は順調に進んでいく、というのは彼にはひどく屈辱的なことであろう。

私は自分の小説に熱中するあまり、西泉のことを忘れかけていたが、それは非常にうかつだったのかもしれない。

そこまで考えた時、また呼び出し音が鳴った。私は受話器をとって耳にあて、何も言わずに耳を立てた。かすかな、息を殺しているような気配を感じた。

私は受話器を置いた。

＊　＊　＊

その日、結局無言電話は四回かかってきた。私のほうからはこれといった対応もせず、ただ、誰も何も言わない電話を切っていただけだ。そういうことが連続して四回あって、それで終った。

しかし、四回で終ったからひとまずホッとした、ということにはならない。四回目のその電話を切ったところから、五回目がまたかかってくるかと身構えているわけだから。

無言電話のわずらわしさとはそれである。この気味の悪い電話が、あと何回かかってくるのだ、という想像に押しつぶされそうになるのだ。もしかして、永遠に、無限回かかってくるのかと怯えてしまう。だから、とりあえずその日はとぎれても、気持は少しも落ちつかないのである。

そのことは、その夜私が仕事が手につかなくなってしまったことにも表れている。書いていた雑学エッセイを書き続けるには気が散りすぎていて、とうとう私はその日の仕事を切りあげてしまったのだ。仕事のできる気分じゃなくて、私は風呂に入ったあと、寝酒を飲み始めたのだった。そういうことをしながらも、ずっと無言電話のことを気にしていた。

西泉はどこまでやる気なのだろう、とつい考えてしまう。こんな悪質ないやがらせを、何日も続ける気なのだろうか。こんな調子では仕事にならなくて困るのだが。

私は、同業者である作家の、心の中の荒れ具合を想像していやな気分になった。自分の仕事が行き詰まり、出版社に切り捨てられたことが彼のプライドをズタズタに傷つけているらしい。そして、ライバル視する作家が順調に仕事をしていることがいまいましくてたまらないのだ。そのくやしさから、異常な行動に出てしまっている。

誰かから悪意を振り向けられている、というのは心騒ぐことである。何を、どこまでやる気なんだと落ちつけない気分がする。やめてくれよ、と声に出して言いたいような気分だ。

なのに一方では、余裕を持って負け犬を見るような思いもあった。私には『ドン・キホーテ』のパロディが書け、あんたには書けなかったという事実があるだけのことで、それを逆恨みされても迷惑だ、という気分である。結局、この仕事をしていて書けないというのは言い逃れのできない敗北でしょう、という気がしたりした。

その翌日、今度は午後二時半頃に、その電話がかかってきた。はいもしもし、と言って出るのに、相手は何も言わない。私は舌打ちして受話器を置いた。

二分後に、もう一度同じことがおこる。今度は無言で受話器をとる。様子をうかがうかのように、回線のむこうは沈黙している。

私は受話器を置くと、その足で仕事場としている書斎を出て、ダイニングルームに向かった。私の家の電話はダイニングルームの壁にかかっているものが親機で、居間や机の上やベッドの横にあるのはその子機なのだ。その親機を、留守番電話の状態にした。

そうしておいてから、私はそこに立ちつくして待った。きっとまたかかってくるに違いないと思って。同じことを執拗にくり返すというのが無言電話の特性だからだ。

ほんの一分ほどで、呼び出し音が鳴った。音が鳴り続けるのにまかせて、手は出さないようにした。やがて、こちらからの応答メッセージが流れる。

「只今留守にしております。ご用件のある方はピーッという音のあとに、メッセージをお残し下さい」

という、あれだ。ピーッという音がしたあと、先方は何も言わなかった。しばらくしてガチャリと電話を切る音がした。無言野郎は留守番電話にいやがらせをしても無意味だと思ったのだろう、あきらめて切ったのだ。すぐあきらめて切ったから、こちらではメッセージはゼロ件の状態だった。

そのやり方で私は無言電話に対抗することにした。いくらかけて来ても、私は電話には出ないよ、というやり方だ。仮にテープに呪いの言葉を吹き込んだとしても、きく気はないよ、だ。こうしておけば仕事ができる、と私は考えた。

ただし、これはいくらかわずらわしいやり方であった。というのは、私に用件があってどこかの編集者が電話をかけてくるということもあるからだった。すべての電話に出ないのでは仕事にならない。

そこで、電話が鳴るたびに、私は書斎を出てダイニングルームへ行かなければならなくなった。何回か呼び出し音が鳴って、それから応答メッセージが流れているから、時間の余裕はある。

親機のところへ来ると、「メッセージをお残し下さい」と言って、ピーッと音がする。そこで、こう話しだす人がいる。

「××社の山本です。またかけ直します」

すると私は受話器をとり、外線のボタンを押してこう言うのだ。

「あ、もしもし、ごめんなさい。今、ちょっと離れたところにいたので留守電になってしまいました。ご用件は何でしょう」

それで、仕事の電話や、友人からの電話には出られるのである。私はそれから一週間ばかり、その方式で電話を使うようにした。

ところが、一週間後のことだ。私は所用があって本当に家を留守にしたのだ。家人といっしょに出たからまさしく家の中は無人だった。

帰宅して、親機を見ると留守番電話の録音があることを示す赤ランプが点滅していた。再生のボタンを押すと、ずいぶん時間をかけてゴーゴーとテープが巻き戻った。そしてやがて、再生音がする。

ザーザーと雑音が続いていた。どこか遠くに調子の悪いラジオがあるような音だ。

誰かが小さな声で何かを言った。ききとれない。

しかし、それからしばらくして、今度は確かにこういう声がした。

「下らねえものを書いてるんじゃねえ」

その声には憎しみの調子がこもっていて、わけもなく私はゾッとした。

＊　＊　＊

私はつくま書房の桜井氏に電話をかけた。なんだか追いつめられるような気分の中で、とりあえずそれしかすることを思いつかなかったからである。

「すみません。ちょっと、つかぬことを桜井さんにききたくなりまして」

「はい。どういうことでございましょう」

私は今現在つくま書房のPR誌「つくま」に小説を連載しているのであり、その担当者が桜井氏である。だからその人は、私がききたいことがあると言えば、なんとか力になろうとするのである。

編集者は、担当する作家が調べものをする時に、手伝いますので何でも言いつけて下さい、とよく言う。基礎のデータ集めは手伝いますので言って下さい、ということだ。そんなことも編集者の重要な仕事なのだ。

だから私からの電話に対して、桜井氏は何を調べましょう、という対応をするのだ。

だが、私がききたいことは、桜井氏が想像しているようなこととはちょっと違う。

「あの、ご存じないかもしれませんが、最近西泉さんがどうしているかというの、わかりませんか」

「西泉さんですか。私が直接に西泉さんと連絡を取るということは、昨年の掲載中止の時以来ないものですから、どうしていらっしゃるのかあまり知らないのですが」

「そうですか」

「ただ、ひとつ小耳にはさんだといいますか、ある業界内の噂を比較的最近きいていまして、正確なことはよくわからないままに関心はよせているのですが」

「どんな噂なんですか」

「例のあの、『贋作者アベリャネーダ』という小説のことです。あれを西泉さんは書き上げたらしく、ある出版社に持ち込まれたのだそうです」

「そうですか、書き上げたんですか。確かあの時、ちゃんと書くって言ってたんでしたよね」

「ええ。他社から出版することに異議はないですね、と言われております。ですから当社とは無関係なことなんですが、その出版社でも刊行は見合わせになったのだそうでして」

「他社で連載中止になったいわくつきのものだからですか」

「そういうことではなく、内容の問題らしいときいています。よく言えば実験的な手法が用いられているとなるわけですが、構成が破綻していて、どういうストーリーなのかよくわからないのだそうです。突然作者が自分を語りだすような奇妙な部分まであって、それが全体の中に溶け込んでいるわけでもないのだとか。おまけにエンディングが唐突で、小説の成立を壊してしまっている感じなのだそうです。それで、これはうちでは刊行できません、ということになったらしいのです」

「そうですか。それは小説家としては不本意なことでしょうね」

「それ以上のことは私も存じておりません。そういう噂が耳に入ってはきたのですが、昨年のことがあるので、当社としてはなるべく関わらないようにするわけでして」

そんなことがあって、いよいよ西泉は追いつめられているわけだ、と私は思った。作家として危機的な状況だと言ってもいいだろう。

そのことが、彼をどんどんおかしくしていくのかもしれない。

「ところで、立ち入ったことをおききするようですが」

桜井氏は慎重な口調でそう言った。

「何かあったのでしょうか。西泉さんのことを気にしないではいられないような、面倒なことでも」

私はめまぐるしく考えをめぐらせ、すぐにこう答えた。

「いえ、そういうことではありません。私が連載している小説に対して、西泉さんが何か反応しているなんてこと、もしかしたらあるのかな、と思っただけです」

今はまだ、無言電話のことを誰にも言わないでおこう、と私は判断したのだ。

西泉が私にいやがらせの無言電話をかけてくるんです、というのを相談するのに、桜井氏は最もふさわしい相手である。私と彼との反目のきっかけは、二人の「つくま」への執筆だからだ。困っているんです、と言えば間に立って動いてくれるかもしれない。

しかし、私と西泉は作家同士として気にしあっているのだ。それは、編集者になんとかしてもらうことではないような気がした。

それに、あの無言電話の主が西泉だと、まだ確定しているわけではないのだ。無言でいる相手が誰なのかは、わかるはずもないことである。

「ところで、来月号の締め切りのことですけど……」

私はそこで話題を変えて、スケジュールの打ち合わせをした。

その通話を終えた時、私は苦々しくこう思った。西泉はこわれてしまっているのだ、と。

彼はあの小説を最後まで書き上げた。なのに、それを出版してくれるところはないのだ。そのことが彼のプライドを完膚ないほどに傷つけている。そして彼は『ドン・キホーテ』にまつわる小説を支障なく書き続ける私を憎むのだ。

なんとかしなければ、あの無言電話は際限なく続くことになるだろう。彼には私が許せないのだろうから。ひょっとしたら彼は私のことを、小説のアイデアを盗んだ悪党だと思っているかもしれない。そこで、ついには無言電話によるいやがらせでは飽き足らなくなり、もっと直接的に復讐を企てるかもしれない。

このまま手をこまねいているわけにはいかない、と私は思った。西泉に、愚かなことをやめさせるのだ。そうしなければゆったりと小説を書いていることもできなくなる。人に呪われていると考えるだけで、精神を集中することができないのだ。このままでは私まで、あの小説に行き詰まってしまう。

だが、どうすれば暴走してしまっている西泉を止めることができるのか。

机の前にすわっていてもそのことばかり考えるようになってしまった。とてもではないが仕事のできる状態ではない。

＊　＊　＊

西泉はどこまでやる気なんだろう、というのと、それをやめさせる方法はないものだろうか、ということを、鈍い思考力で考える。そうしながら、心の片隅では、今日もそろそろその電話がかかってくる頃だ、という予感におののいている。午後の二時をまわった頃合いに、その電話がかかってくることが多いのだ。それは私が、その日の第一食である朝食と昼食を兼ねたようなものを食べて、胃の薬を飲んで、いよいよ一日の仕事を始めようという時刻である。

電話に出てみようか、と私は考えた。このところずっと、留守電状態にして、電話には出ないようにしているのだ。相手が用件を吹き込み始めてから、出るべき相手だと思えば受話器をとって外線ボタンを押すというやり方だ。セールスだったり、無言だったりする場合は無視している。

だが、それでは事態の改善にはつながらない。無言男は、こちらに抵抗がない限り同じことを繰り返すばかりだ。それどころか、だんだんエスカレートするかもしれない。

いい加減にしろ、と叱りつけてみるべきだろうか。何も言わない相手に、それには構わず話しかけるのだ。こんなことはやめなさい、と。無言電話というような卑劣ないやがらせをしている自分のみっともなさがわからないのか、と叱りとばす。

そんなことで、いやがらせが止むだろうか。あまり効果はないような気がした。卑劣な人間に、きみは卑劣だと言ってみたところで反省するとは思えない。むしろ、こちらのいらだちが伝わって相手を満足させるだけのような気がする。こちらが動揺しているとわかれば、ますます喜んで同じことを繰り返すのだろう。

あなたが西泉さんだということはわかっているんだ、と言ってみるのはどうか、と私は考えた。そのプランは刺激的であり、ついいろいろ考えてしまった。

「いい加減にして下さいよ、西泉さん。あなたが西泉さんだということはわかっているんです。自分で、すごくみっともないことをしていると思いませんか。あなたは小説家なんでしょう。だったらこんなことをしている暇に、小説を書くべきじゃないですか。私の書くものが足元にも及ばないような優れた小説を書いてみせればいいんですよ」

私は、無言の相手に何を言ってやればいいかと、あれこれ空想した。そして当然のことながらその空想は、無遠慮で激しいものになっていった。

「自分でも思いませんか。書いた小説がどこにも売れない作家が、うまくやってるほかの作家に嫉妬していやがらせをしているってことのみじめさを。今のあなたはそんなことをしている場合じゃないでしょう、西泉さん」

私に本当にそんなことが言えるかどうかは別問題である。一人で考えているうちに、どんどん言葉は激しいものになっていってしまうのだ。

「西泉さん。こういう電話って、まぎれもなく敗北宣言じゃないですか。悲しいと思いませんか」

だが、相手を刺激したっていい結果にはつながらないだろうな、という冷静な判断も私にはあった。みっともないよ、西泉さん、と言ってみたところで、もう常軌を逸してしまっている相手には伝わらないのだろう。

そこで私は、ふとこんなふうに考えた。

「西泉さんでしょう。こんな手間のかかることやめましょうよ。一度どこかで会って、お話ししませんか」

そう言ってみたらどうなるか、と考えていたその時に、机の上の電話が呼び出し音を鳴らした。

ドキッ、とした私だが、すぐに立ってダイニングルームに向かった。何回かその音が連なる。うちの電話が留守である時の応答メッセージを流す。

ダイニングの親機のところまで来ると、こう言っていた。

「ピーッという音のあとに、メッセージをお残し下さい」

先方は何も言わず、すぐに電話を切った。ツーツーツーと信号音がしていたが、すぐに録音テープは止まった。

それは無言電話ではなく、先方がメッセージを残すことなく切った場合だった。おそらくセールスなのだろう。このケースだと留守電にメッセージが入ったとはカウントされない。

私は書斎に戻って椅子にぐったりと腰かけた。セールスの電話があっただけのことでこんなに神経を使わされるのはたまったものではない、と考えた。そして、無言電話の正体を曝露しても意味はないだろうな、と急に考えが変った。

西泉さんやめなさい、あなただということはわかっているんだ、というふうに言ってみてもおそらく解決にはつながらないのだ。彼は自分の正体がバレていることなど、当然知っているだろうから。

これをやめさせるには、そんなんじゃなく何か予想外のことを言わなければならないだろう。つまり、彼には何が望みなのか、ということを考える必要があるのだ。西泉に救いを投げかけることこそ、解決への道ではないのか。

そう思っていたところへ、また来た。胸に突き刺さるような電話の呼び出し音。

私は椅子から腰を浮かせた。

＊　＊　＊

応答メッセージが流れて、ピーッという音がしたが、相手は何も言わなかった。なのに通話を切る様子もない。マイクロ・カセットテープを走行させる微かなモーター音だけがしていた。いつもの無言電話だということだ。

トンネルのむこうで風が吹いているような音が小さくきこえていた。そして気のせいか、誰かが息をこらしてじっとしているような気配が感じ取れるのである。

私にはどす黒い悪意が電話線のむこうに渦巻いているような気がして、心臓が高鳴った。何か音がした。チッと舌打ちするような微かな音が。

私は壁にかかった親機の前に身じろぎもせず立っていた。

いきなり、相手が何かを言った。渇ききった喉からしぼり出したようなかすれ声で、「馬鹿め」と言ったようにきこえた。

私は受話器に手をかけた。

「下らねえものを書いてるんじゃねえ。インチキ作家が」

その言葉をはっきりとききとって、私は受話器を取り、左手で外線のボタンを押した。膝から下に力が入らないようないやな気分だったが、もう何かをしないわけにはいかないのだと考えた。

「もしもし」

いきなり私に応答されて、電話線のむこうの男は黙りこくった。私は構わず語り続ける。

「確かに私の書いているようなものは下らないものですよ。それは自分にもわかってます。あなたから見ればつまらない作家に見えるんでしょう。でも、すべての作家があなたに並べるわけじゃないんです」

むこうの男は声を潜めて私の言葉にきき入っていた。どう返答したものかとまどっている様子だ。

「わかってますよ。あなたが誰なのかは。なぜなら、そうとしか考えられませんからね。

あなたはセルバンテス、さんなんでしょう。『ドン・キホーテ』の作者、ミゲル・デ・セルバンテスさんが、時間を超えて私のことを叱りつけているんです。そうでしょう」

そこで言葉はとぎれ、両者が何も言わない間ができた。むこうの男が唾をのみ込むような気配。そしてついに、男は弱々しく言った。

「よくそれが……」

「よくわかったものだ、ですか。わかりますよそれぐらい。だって、私が書いているあの小説について、下らないからやめろ、と言う権利を持っているのはあなただけなんですからね。私の小説は確かに、あなたの書いた世界文学史上の至宝を穢すものかもしれません。名作を傷つける下らない続篇を、断りもなく書いていて、その出来ばえはあなたから見ればあまりにもお粗末なのでしょう。おまけに題名にあなたの名前を使っています。叱りつけたくなるのは当然です」

しゃべりながら私は、この常軌を逸した会話はどこまで行くのだろうと思っていた。しかし、陰湿な嫌がらせに対して私が思いついた撃退法はこれだったのだ。やり通すしかなかった。

「ですけど、わかってほしいことがあります。確かにあなたから見れば、私の書いているあなたの名作へのにじり寄りのような小説は愚にもつかないものなのでしょう。もともとの作品の価値を引きずりおろすようなパロディはやめろと言いたくなるのかもしれません。しかし、私たちはあなたが『ドン・キホーテ』を書いてしまった時代の後世にいるんです。あなたより後に生きているということは、あなたの名作の影響の下にいるということから逃れられないんです。文学というのはそういうふうに、全部でひとつにつながっているんじゃないでしょうか。二十一世紀の文学は、二十世紀の文学の土台の上にしか実を結ぶことができません。そういうふうに話はつながっているのです。あなたがあれを書いたのは十七世紀ですけれど、その時『ドン・キホーテ』が書かれてしまったということを、それ以後の作家が意識しないでいられるでしょうか。たとえその小説を読んでいないのだとしても、既にそれがある時代に文学をするというからには、有形無形の影響を受けずにはいられないことです。そんなふうにあなたは、つまりあんなすごい小説を書いてしまったあなたは、という意味ですが、後世に対しても関与してしまっていて、責任があるんです。あなたより後の時代には、『ドン・キホーテ』が既にあるからこそこれが出てきた、という文学現象が生まれるのです。私のやろうとしていることだって、そういう数多くの事例のひとつにすぎません。それに対して、下手でけしからんと言われても困るんですよ。一見あなたにはそういう文句をつける権利があるようだけれども、やっぱりその権利はないんだと思います。なぜなら、私がああいうものを書く原因は、あなたが『ドン・キホーテ』を書いて世に出したことなんですから。そんなふうにあなたは世界を変えてしまっているのですからね」

相手は無言だった。しかし、むこうの男が受話器を耳にあててきき入っていることは気配でわかっていた。

「パロディを禁じることはできんのか」

ついにその言葉が相手から出た。

「そうです。価値ある文学作品を生んでしまったからには、その影響がどんどん拡大していくことを止められるものではないのです。あなたがそのきっかけを作ってしまった以上、あなたはそれを受け入れるしかない」

「私には苦情を並べる権利がない……」

「そういうことです、セルバンテスさん。だからもうこういう電話をかけてこないで下さい」

相手はまた沈黙した。しかし、そのまま双方が無言でいるうちに、とうとうむこうから受話器を置いて通話を切ったのである。思い出したようにツーツーツーの信号音になったところで、私も受話器を壁にかけた。

そして私はその瞬間、奇妙な錯覚に襲われた。

私がしたことは、西泉貴嗣のいやがらせを、あなたはセルバンテスなんでしょうと持ち上げることで気勢を殺いでやめさせよう、という狙いのものだったのに。なのにこの時、通話の相手は本当にセルバンテスだったのではないか、という身が震えるような思いがわきおこって、ほとんど確信しかけたのである。

ラ・マンチャの風車小屋の中で私に語りかけてきたあのセルバンテスと、私はもう一度話したんだというような気がしてならなかった。筋の通らない思いではあるのだが。

とにかく、この会話があってから、私のところに無言電話がかかってくることはなくなった。いやがらせは終ったのだ。

第11章

くだんの小説はなおも書き継がれていたが、だんだんどこからどこまでが小説なのかわからなくなってくる

私は「ミゲル」という小説を、作者急病のため休載とか、諸事情により連載中止、なんてこともなく書き継いでいった。ただ、その小説がなかなかむずかしいもので、書くのが決して楽ではなく、毎回かなり苦労して書き進んでいたということは正直に告白しておこう。

ミゲル

17

そんなふうに、一見したところはひたすら仕事にのめりこんでいるだけで、異常なところも暴力的なところもないかのような麻生喜八だったが、実のところは、頭の中で深刻なゆがみが少しずつ大きくなっていたのだった。

ほとんど一日中机の前にすわって、背筋をのばして原稿用紙に字を書き綴っていく様子は、縦書きに日本語で書いている、という点にだけ目をつぶれば、セルバンテスが乗り移ったと見えなくもない。話が有機的に組み合わさって一本の長編小説の流れを形成することがないのは残念だが、いかにもそれらしいドン・キホーテの言動を綴った断片がたまっていくのは、それはそれで文学的成果だと言えるのかもしれない。

ところが、麻生の次第にゆがみが大きくなっていく思考力では、すべての話の中心点を設定することができず、書くものがだんだんドン・キホーテから離れていってしまうのだった。たとえば彼はある日一日かけて次のような断片を書いた。

サンチョは上機嫌で女房に語りかけた。

「こんなことが本当にあるなんて考えてもおらなかったんで、おらはすっかり楽しくなっちまっただよ。あのドン・キホーテの旦那が戻ってきて、もう一度お仕えできるっていうんだからな」

「あんたの言うことはさっぱりわけがわからないってものだよ。つまりはあれだね、あの旦那が変になっちまうと、それがうつってあんたも正気でなくなるってことなんだね。ついこないだまではあんたも旦那に対して、お前様は遍歴の騎士なんぞじゃなくて善人のアロンソ・キハーノ様だよ、もう年も年なんだし旅に出るなんて言いだすのはおやめなさいまし、と言っていたんじゃないか。それなのに旦那にいろいろ言いくるめられているうちに、またぞろバカをしでかしたくなってしまったんだね」

「いいかね、テレサ」と、サンチョは応じた。

「おらは思い出したんだよ。あの方のお供をして冒険さがしの旅に出かければ、そう遠くない将来に、どっかの島の太守になれるんだってのをな。そういう希望がまた目の前に出てきたんだと思うと、お前や子供たちと別れ別れになるなあ悲しいけんど、つい嬉しくもなるのよ」

「勝手にするがいいさ、サンチョ」と女房が答えた。

「あんたが冒険さがしとかに出かけていなくなっても、あたしゃここで不自由なく暮していけて、子供もちゃんと育っていくんだよ。どこぞの太守にでもなんでもなるがいいさね。あたしゃここで神様のおぼしめしによって生きていくんだから。それにしたって、私のことをどうしてテレサと呼ぶんだい」

「知れたことよ、それがお前の名前だからじゃねえか。テレサ・パンサがおらの女房どんの名だ」

「そうかもしれないね。でも、そうじゃないのかもしれないんだよ。あたしゃ自分の名前のことがよくわからないんだ。確かに、テレサ・パンサらしい気もするよ。姓がパンサなのは、親戚筋からあんたに嫁いだってわけじゃなくて、このラ・マンチャ地方では女は結婚したら夫の姓をなのるって風習があるんでそうなったんだ。あたしのもともとの姓はカスカーホで、もともとテレサ・カスカーホだったんだがね」

「そういうことで何もかもはっきりしてるじゃねえか。それで、お前が望むならその名前の上に、歴とした奥方だってことを示すドニャという称号をつけてやるだよ」

「まっぴらだよお前さん、これ以上名前をややこしくして何の得があるだかね。いいかね、私はテレサらしいんだけど、第一部ではフワナという名前だったんじゃないか。ラ・マンチャの風習によってフワナ・パンサと呼ばれてたんだ。確かにそう書いてあるんだよ」

「とんでもねえことを言いやがる」とサンチョが言った。

「お前のそのからだにゃ、なにか悪魔がついてるぞ。滅相もねえ、この女《あま》は！　またなんてことを、尻尾もなけりゃ頭もなしに、ごたごたと並べたてたもんだ！　カスカーホだ、フワナだ、どこからそういうごたくを持ってきやがった」

「ごたくなんかじゃないよ、名前がでたらめすぎるって言ってるのさ。たとえばあの旦那のことだって、アロンソ・キハーノという名前だろうとは思うんだけど、それがキハーダだったりケサーダだったりケハーナだったりするじゃないか。どうしてそう、名前に無頓着なんだろうねえ。おかげで私まで、テレサなんだかフワナなんだかわけがわからなくなっちまってるんだよ。そのせいで私の形成がぼやけてきちゃうじゃないかね。ねえ、私をよっく見てごらん。輪郭がぼーっとしてないかい」

　そう言う女房は両手を広げてじっと立ってみせたが、サンチョの女房がこれほどまでに理知的に発言するというのは似合わぬことなので、この部分はシーデ・アメーテ・ベネンヘーリの手になる本物の記録ではなく、贋作なのかもしれぬという気もするのである。

非常に面白い断片である。だが、これが『ドン・キホーテ』の中に書かれることはありえないのである。

18

確かに、セルバンテスは人の名前に関して正確さに欠けるのだ。自分のことを騎士ドン・キホーテだと思いこんでしまう本当は善人の主人公の名を、キハーナとかケハーダとか、いろいろに表記する。それは、その男の本名などどうでもいいことなのだ、というメッセージなのかもしれない。それとも、セルバンテスは人の名を覚えるのが苦手で、本当に間違えるのか。

物語のもとになった記録の作者である(という仕掛けになっているだけだが)モーロ人の名も、シーデ・アメーテ・ベネンヘーリだったり、シーデ・ハメーテ・ベネンヘーリだったりだ。

そしてサンチョ・パンサの妻の名も、作品中で気まぐれに変るのである。麻生の書いた断片の中でその女房が第一部と言っているのは、普通には正篇とか、前篇と呼ばれているものだ。麻生はその物語の第三部を書いているつもりなので、それを第一部と言うのだろう。

それで、確かに『ドン・キホーテ』の前篇の終幕近く、旅から帰ってきたサンチョが妻と再会するシーンでは、その妻の名はフワナ・パンサとなっているのだ。それなのに後篇の幕開き早々の部分で、サンチョがまた旅に出ようとしているシーンでは、その妻の名がテレサ・パンサだ。おそらくセルバンテスは、前篇に書いたサンチョの妻の名を忘れてしまって、あらためてテレサという名をつけたのだろう。

だからそのことを逆手にとって、サンチョの妻に、あたしの名前はいったいどうなっているんだい、とゴネさせるのは面白いアイデアだ。小説の登場人物が、作者に対して、おーい、どうなってんだー、とツッコミを入れるというメタ・フィクション構造のギャグになっている。

そういうわけでなかなか面白く読める断片ではあるのだが、麻生はセルバンテスになりきっている、というのを忘れてはならない。老いたセルバンテスは、おそらく自分のした間違いに気がついていないはずなのだ。サンチョの妻に二つの名を与えてしまっていることに気づいて、それを自らからかうようなことを書くとは思えないのである。

ついそれを書いてしまった時、麻生はセルバンテスから離れてしまったのだ。

四十年前に麻生は小説家としてデビューしている。それ以前からスペイン文学についての研究者ではあったのだが、処女長編小説を上梓したのがその時だったのだ。その小説の題名が『サンチョ・パンサの婦ぁ』。

サンチョの妻が、私には出てくるたびに違う名前がついているじゃないかと、ゴネるというシーンが、その小説の中にもあるのである。そして、どういう名前にはどういうイメージがこめられているかについての論考が始まる。更には、つけられた名前が、その名のついた人間を呑み込んでいくという怪現象がおこる。

そんな、ちょっとした思考実験のようなものが、その小説の中にはあった。もちろん、それはごく一部分の実験であるだけで、全体は現代の日本でのある夫婦の物語だったのだが。

しかし、そんな妙なことを書きたくなったというのは、麻生が、サンチョの妻の名が二つあることに興味をそそられていたからだろう。セルバンテス先生、おかしいですよと、尊敬する大作家をからかってみたというわけだ。それをしたのは作家の麻生喜八だった。

ところが、頭の中はセルバンテスになってしまったはずの麻生が、またしてもそのことを書いている。サンチョの妻の名はフワナなのかテレサなのか、ひとつに統一してくれなければ変ではないかと。

そう書いた時、彼はセルバンテスから離れて、麻生喜八に戻っているのだ。

ゆがみが複雑になってきているとしか思えない。麻生の頭の中には、セルバンテスと麻生喜八が同居し、ひょっとするとその二人がだんだん一人に合体しているのかもしれない。

そんな世界文学史上の巨人と自分とを合体させるとは図にのったことではあるのだが、頭のネジがゆるんだせいで彼はそういう幸せを手に入れたのだ。

ところで、麻生がこの断片の最後のところで、この小説のこの部分は別人の手になる贋作であるかもしれないと書いているのは、少しも変なことではない。それはいかにもセルバンテスが書きそうなこと、と言うか、実は現に書いていることなのだ。

これを書くにあたって、麻生の頭の中にあるお手本は、『ドン・キホーテ』後篇の第五章である。またしてもドン・キホーテのお供をして旅に出ようとするサンチョが、女房と会話をするシーンだ。おれが島の太守になったら、息子や娘にも高貴な人間の名誉を与えてやれる、と言うサンチョに、女房が、あの子たちには今のままの正直な庶民でいさせてやってくれ、と頼むシーンである。

そしてその章を書く時セルバンテスは、この章におけるサンチョは話し方が利口すぎるので、この章だけはシーデ・アメーテ・ベネンヘーリが書いたものではなく、誰か偽者が書いたのかもしれないと、翻訳をしていてくれた者が言っている、と書くのだ。

なんというややこしさであろう。真の作者だということになっているベネンヘーリのほかに、そのアラビア語の記録を翻訳してくれたモーロ人もいるのだった。そんな翻訳者までが物語の中に口をはさんでくるのだ。

『ドン・キホーテ』はおそるべき多重構造になっている。だとすれば、あるいは語り手の中に麻生喜八という後世の日本の作家がまぎれこんでも構わないのかもしれない、という気がしてくるではないか。

そう考えてみると、麻生の脳は『ドン・キホーテ』という小説の持っている何物をも巻き込んでしまう渦巻き構造に引きずりこまれたのかもしれない、という気さえするのであるが。

19

だがやはり、冷静に考えてみれば麻生の身におこっている事態は老人性認知症の進行なのである。比較的静かな患者であってその点では問題が小さいのだが、ある人間の思考が壊れていっているのは確かな事実なのだ。

いや、症状は思考の中にだけ出ているわけではなかった。

麻生の夫人は、この頃どうも様子がおかしい夫に、面倒なことになってはいやだからと、なるべく関わらないようにしていた。一日中机に向かってくれているのは大歓迎である。目的もなくふらふらと歩きまわったり、わけもなく暴れたりするのにくらべれば、机に向かって何か書いているのなら手がかからなくて助かるのだ。

そこで夫人は、一日三度の食事の世話だけをすることにして、夫とは口をきくこともなく生活していたのである。

ところが、そんな夫人もある日、食事をする夫の様子を何気なく見ていて、いくらなんでもおかしいと気づいたのだった。

「あなた」

と夫人は言った。麻生の反応は鈍く、チラリと声のほうを見たものの、夫人の姿に焦点は合っていなかった。

「どうしたんです、お父さん」

「何が」

「どうして茶碗を手に持って食べないんですか。片手でそんなふうに食べて、変でしょう」

麻生の左腕は力なくたれており、右手だけで食事をとっているのだった。

「これは、気にされるな」

麻生はやけに丁寧にそう言った。

「気になりますよ。どうしたんです、左手に力が入らないんですか」

「もしそうであっても、私がそのことを恥じているとは思って下さるな。むしろ私にとってこれは誇りなのだから」

そのしゃべり方が、夫人には気味が悪かった。私が誰だかもわからないのかと思うと、悲しくなってくる。

夫人は夫の横にすわって、その左手を取った。

「どうして動かないんです。ほら、手が持ちあがらないんですか」

そう言って、夫の左手を上に引っぱりあげようとした。

「無礼なことをするでない」

麻生はとんでもない見幕で怒り、夫人はビクッとして手を引っこめた。

「世間にはバカにして笑う者もいるようだが、私の左手が思うように動かぬのは決して恥とするところではなく、むしろ名誉なことなのだからな。あの輝やかしき勝利の栄光を我がスペインが手中に納めた海戦において、この負傷を得たのは私が名誉のために最前線で勇猛果敢に戦ったればこそのこと。されば左手の利かぬのは我が誇りである」

麻生はレパントの海戦のことを言っているのだった。その海戦で、若き兵士であったセルバンテスが左腕を負傷し、以来自由に動かせなくなったことを語っているのだ。

そんなことが理解できるわけもなく、夫人はあとずさり、いつでも逃げられるように立ちあがった。

「本当に動かなくなっちゃったんですか」

「それはよいと言っているではないか。それよりも、滞納になっている税金を今すぐ払いなされ」

「何の話をしているんですか。しっかりして下さい、お父さん」

「滞納税を払えと言っているのだ。それは国民として、当然なすべき義務なのだからの。国民の義務というような高尚なことは承知せぬというのがお前らの限界なのであろうが、知ろうが知るまいがとにかく払うものは払わねばならんのだ。それによって我がアルマダを再装備するのじゃから」

アルマダとは、スペインの無敵艦隊のことである。それが一五八八年、イギリス軍に撃破されてからのこと、セルバンテスはグラナダ地方で滞納税金の徴収吏の職についているのだ。彼の苦しい下積みの時代である。

気が進む仕事ではなかったがセルバンテスはなんとかやりとげるのだが、徴収した金を銀行に預けておいたところ、その銀行が破算し、金は経営者に持ち逃げされる。

そのように国庫に負債を持ってしまったセルバンテスは、その埋め合わせができなかったため、三カ月間投獄されるのだ。

その獄中で、彼は『ドン・キホーテ』の構想を練りあげるのだが。

しかし、今ここにいる麻生の中のセルバンテスは、自分の不運さから、世間に対する怒りで我を忘れている様子であった。

「言い逃れは許さんぞ、払うべき税はなんとしてでも払ってもらう。私のことを左腕の動かぬ爺いだとあなどるならば、たっぷりと後悔させてやろうではないか」

「お父さん。ちゃんと考えて下さい。自分のことを誰だと思ってるんですか。ここがどこなのかわかりますか」

「愚弄するでない」

いきなり麻生は立ちあがったのだが、膝が低いテーブルにひっかかっていたために、あっという間にテーブルがひっくり返り、飯や汁がそこいら中に飛び散った。

「きゃっ！」

と叫んで夫人は逃げた。

とうとう麻生の異常はそこまで進んでしまったのだ。何か手を打つしかないと、誰しも思う段階にさしかかっていた。

20

ところが、間の悪いことが重なるのは世の中にしばしばあるもので、麻生は日常生活ができなくなってしまうのだった。それより前、病院で認知症だと診断されたので、市に対して要介護認定の申請をし、認定調査を受けていた。その結果、要介護1、という判定が下っていたのである。要介護1というのは、食事、排泄、衣類の着脱などについて概ね自立しているが、一部に介護が必要だという、介護の必要度の弱い区分なのだが、それでも、ホームヘルパーに来てもらって食事や入浴の面倒を見てもらうなどの介護サービスを受けることができる。そんなやり方で、まだしっかりとした夫人もついていることでもあり、なんとかやっていけるだろうと周囲も思っていたのだった。

なのに、夫人が外出先でころんでしまい、左上腕部を骨折してしまったのだ。コンクリートの階段を五、六段分ころげ落ちたという気の毒な事故だった。

そうなればとにもかくにも病院へ運び込まれるわけで、手術を受け、自動的に入院ということになってしまった。痛みがひどくて涙がこぼれるぐらいだというのが可哀そうではあるが、命にかかわるものではない、というのが救いだった。痛みをこらえてとりあえず骨折を完治させ、それから半年とか一年とか厳しいリハビリをして腕を自由に動かせるようにしようと、するべきことは選択の余地なく決まってしまうのだ。

そうなってしまって、一人自宅に取り残された麻生をどうするのか、という問題が生じてしまった。軽い認知症だとか、要介護1だということはこの際どうでもいいことだった。何であろうが、夫人がいなくなってしまったら麻生は食事の仕度さえ自分ではできない男だったのだ。食事が作れず、洗濯もやったことがなく、風呂に入ることをこの頃面倒がるようになったという、世話のかかる学者兼作家先生なのである。夫人がいなければたちどころに生活不能者なのだ。

そこで、麻生の長男の一家が乗り出すことになった。長女は夫の転勤によって福岡市に住んでおり、次男の一家はアメリカのロスアンゼルスに住んでいるという事情だったためである。

長男の妻は、例の、麻生の作家生活四十周年の祝いの会にも出ていた。あの時、五歳くらいの女の子が麻生に花束を渡したが、その子の祖父母が、麻生喜八の長男とその妻なのだ。

川崎市に住んでいるという長男夫婦としては、母が入院してしまい、一人家に取り残された生活不能者の父をほうっておくわけにもいかなかった。だが、父親を自分の家へ引き取って世話するというのも、いろいろあってなかなかできることではないのだ。末の息子が東大をめざす二浪中で、両親ともその子に気を使ってピリピリしているという状況であり、老いた父を迎え入れるという話にはなりようもなかったのである。

一週間ばかりは、主に長男の妻が麻生の家へ通って、食事の用意をしてやるとか、買ってきた弁当を置いていく、などの世話をした。時々は、その家の長女（あの五歳の女の子の母)も母の手助けをして祖父である麻生の面倒を見た。

しかし、そのやり方でずーっと通って老いた父、祖父の世話をしていくというのは大変すぎることだった。お祖父さんをどうすればいいのか、ということが真剣に考えられた。

それを考える上で、その老人は認知症であると診断されていて、要介護1という認定も受けている、という事実が大きな意味を持ってくる。そういう認定が下りているということは、介護保険に基づく介護サービスが受けられるということなのだから。

何れか《いず》の介護施設に入所できないものか、という方向に話は進んだ。そのうちに、麻生の長男はグループホームというものがある、と知ってあれこれ研究したのだ。

グループホームとは、認知症者を五名から九名ぐらいまでの少人数で受け入れて、介護技術を持つ者がケアして生活させていくところである。入所者には個室が与えられるので、ある程度のプライバシーがある。だが食事の時などはみんなが集まって食堂で食べ、仲間とのコミュニケーションが生まれる。そういうところで、料理とか洗濯などができる人は、介護人の手助けを受けてそれに参加することで、病状の改善を図ることもできる。

費用には介護保険が適用されるが、自己負担分もあって、月に十数万円が自腹となる。

つまりまあ、介護老人ホームよりは、プライバシーや自由があって、老人が何人かで助けあって(介護人に見守られながらだが)生活していくところ、それがグループホームであった。

親父はそこへ入所する権利を持っているのだから、こんな時にはそこを頼ればいいんだよ、というのが長男の主張だった。そして、お袋が退院したらまた二人で住めばいいのであって、これは急場しのぎの体験入所だと思えばいいんだよ、という主張はみんなにも受け入れやすかった。

グループホームは最近、地域密着型の施設にしていこうという動きがあって、各地にたくさんできている。そのせいで、自宅からそう遠くないそこへ、麻生は入所することになった。

麻生は息子に説得されて、特にいやがるでもなく、わかったよ、とうなずいて新しい生活を始めたのだった。

21

さて、そういうところに入所した麻生喜八はどんな様子で日々を送ったのか、である。

外見的には、麻生にそう著しい異常は感じられない。ひとの話はきき分けるし、着たり脱いだり、食べたり出したりもなんとかできる。暴力性もない。

むしろそういう施設に入って、紳士的な一面が出たぐらいである。麻生はひとの言うことに、はい、はい、と従い、礼の言葉を口にした。

麻生は左腕を力なくたらしており、忘れてしまった時以外は動かすことができなかった。忘れるというのはつまり、自分がセルバンテスであるというのを忘れ、麻生喜八に戻っている時のことで、そっちのほうが正常なのだが。しかし、だいたいにおいては左腕は動かない。

　すると、入所している婆さんの気配りをどこかに忘れてきてしまっているような人が、あっけらかんと質問してきたりする。

「左腕がご不自由なんですのねえ」

　それに対して麻生は平然とこう答える。

「戦争の時に受けた若き日の古傷がありましてな」

「ああ、そうですか。それは大変なことでございましたねえ」

と、話はまったくとどこおることなくつながっていくから面白い。その婆さんも、戦争というのがレパントの海戦のことだとは夢にも思わないわけである。

　そういう会話が一応はできる麻生だったが、基本的には書斎派の人間であり、そう社交的ではない。自由にしていい時間には、自分に与えられた個室にこもって、原稿用紙に向かっていることが多かった。あの大小説の第三部を書こうと、この頃どんどんとりとめなくなっていく断片を書きとめていくのだ。ほとんど日がな一日机に向かっているという点においては、自宅で生活していた時とそう大きく変っているわけではなかった。麻生は頭の中に、セルバンテスを宿らせていたのである。

　そのグループホームに、その時入所していた老人は麻生を入れて七名だった。みんな、多少は重いか軽いかの違いがあるが認知症と診断されている人たちだった。自分の力では排泄がうまくできなくて、紙おむつをつけている人もいる。何度言いきかせてもここがどこだかわからず、家に帰りたいんだと言う人もいる。その家というのは、その人が子供の頃を過ごしたところで、今はもうないのだそうだが。三日に一度は、物を盗まれたと騒ぐ人もいる。人間というのは、そんなにも自分の物を盗まれることを心配して生きているのか、という気がしてしまう。そういう本能的な気がかりが、だんだんとボケるに従って表に出てくるのであろう。

七名のうち、五名が婆さんだった。婆さんはボケがかなりひどくても、暴力性が弱いから比較的扱いやすいのだ。

というわけで、麻生以外には、爺さんは一人いるだけだった。七十代の、しなびた瓜のような顔の老人であった。

何度きいても麻生はすぐ忘れてしまうのだが、どこかの大学の文学部で教授をしていたという人だそうだ。生涯を文学研究で送ってきて、ここ数年でまぎれもない認知症になって、家族にもてあまされてこのグループホームに入所した。

その元教授は、ほとんど一日中自分の個室の中にいる。その点では麻生と似ていた。そして、食事の時に食堂に出てくると、誰とも口をきかず、黙って他人を観察している。他人の話が耳に入ってはいるようだが、反応は見せない。

というわけで、騒いだり暴れたりするのではないから邪魔にはならないのだが、反応のない人だからみんなが無視していた。

麻生はそこでの生活が始まった日に、その日はセルバンテスがおさえこまれていたので、日本の老学者の口調で、どうぞよろしく、いろいろとご指導下さいと、一人一人に挨拶したのだが、元教授はその時も無言だった。少し濁った小さな目で、麻生の顔をジロジロと見ただけであった。

　ところが、そこでの生活が一週間を超えた頃、ふいに元教授が麻生に語りかけてきたのである。

　夕食後の時間帯であった。麻生は自室で書きものをしていたのだが、万年筆のインクが切れたので古めかしいスポイトを使うやり方で補充をした。その際、もう何十年もやり続けていて手慣れた作業であったはずなのに、インクをこぼして手を汚してしまったのだ。手を洗おうとして彼は自室を出た。そうしたら、そこに元教授が立っていたのである。

　そして元教授は、麻生が初めてきくその人の声で、言葉も明瞭にこう言った。

「これはインクの匂いですな。やはりあなたは書き物をなさる方であったか」

　手を洗いに行くのだということを忘れてしまい、麻生は興味をそそられた顔で元教授を見つめた。相手がインクの匂いに反応したというところ、そして威厳のある口調に、ふとなじみやすいものを感じたのだ。これは、私と同類の人かもしれない、と思った。

　元教授はいつもとはうって変った親しげな口調でこう言った。

「何かを書かれるらしき様子ですが、どんなものをお書きになるのかな。詩か、戯作か、それとも物語であろうか。とにかくあなたが何かを書くお方であることは間違いのないところだ。そのことは、その好奇心でキョロキョロと動く目を見るだけでなんとなくわかっていました」

麻生は実際にはない自分の髭を指でなでつけるような仕草をした。

「左様。確かに小生は筆を執りて文章を書くことを自らの使命なりと信じている者でござるが、それを見抜く貴公もまた、筆のすさびにて世を渡るお方ではあるまいかの。すなわち、文章にて身を立てる者こそが、同じ宿命の人間を見分けられるという仕儀ではありますまいか」

麻生の言葉は例によってセルバンテス化しており、その会田由訳に近いものだった。元教授は、話の通じる人間に何十年ぶりで出会ったというように嬉しそうに笑い、極めて紳士的にこう言った。

「あ、いや、これは礼に外れたことでしたな、お許し下さい。このように不躾に語りかける前に、まず自分のことを語るというのが作法でした。私はイギリス人であり、生涯の大部分を戯曲を書くことについやしてきた先行き短い老人です」

「ほう。イギリス人の戯作者であるとおおせられるか。イギリスには我が国が痛い目にあわされたこともあり思いが複雑だが、このようにして物を書く人間が世の外のようなここで会うというのは国と国とのわだかまりを超えためぐりあわせと申すべきことでござろう。教えては下さらぬかな、貴公のお名はなんと申されるのか」

「同業のお方に名を秘すいわれもありません。私は名をウィリアムと申します。私の名は、ウィリアム・シェイクスピア」

認知症の人のための施設の中で、とんでもない二大有名人が出会ってしまったのである。

22

二人とも感激のおももちであった。麻生はインクで汚れた手を洗うことなどすっかり忘れてしまい、イギリス人の戯作者の手を引くようにしてまだ明りのともっている食堂の中へ招き入れ、テーブルに面した椅子に二人して向きあってすわった。食堂の中にはほかに人の姿はなかった。

「これは驚き入ったるなりゆきにて、本当のことだとは信じられぬような気がいたすのですが、ああ、いけませぬな、このしゃべり方では私が何に驚いているのかわかってはいただけぬではござらぬか。まずは小生も貴公にならって名乗りをいたすところでござろう。小生は、スペインの小説家にて、名を、ミゲル・デ・セルバンテスと申す者でござる」

「ああ、やはり左様でしたか」

元教授のシェイクスピアがそう言って大きくうなずくと、麻生のセルバンテスは満足そうにこう言った。

「そのおっしゃり様は、貴公が小生のことを多少なりとも知っていたからのものでござろうか。これはなんとも嬉しき限りでござる。いや実は、小生が先程から驚いたことだと申しておるのは、小生もまたイギリス人の戯作者のシェイクスピアという御仁については、人の噂、風の便りというやつのせいで、たびたび耳にし、よく知っているお方のように感じていたのでござる。そういうお方とこのようなところで会えるとはまことに奇遇」

「それは私もまた同じ気持です。私も、同時代のスペイン人で、かの国で大変な評判になっているという『ドン・キホーテ』という小説を書いたセルバンテスという人の名はかねがね気にかけていたのです」

「小生の書いた小説の題名までお耳に届いているとは身に余る光栄でござる。だが当方もまたもちろんのこと、シェイクスピア殿の手になる『ハムレット』『リア王』『マクベス』などの諸作はよく存じております。いや、あれをお書きになった御仁とこうして会えるとはまことに喜ばしい」

確かにセルバンテスとシェイクスピアは同時代人である。長らく、その二人は一六一六年という同じ年の、同じ日に亡くなっていると言われてきた。近年の研究により、亡くなったのが同じ日だったわけではないらしいと言われるようになったのだが、ほぼ同じ時期の作家なのは事実である。

さてそこで、その二人は互いのことを多少なりとも知っていたであろうか。それは調べようもないことだが、おそらく知らなかったであろう。セルバンテスはイタリア文学には大いに影響を受けているが、同時代のイギリス文学は知りようもなかったと思われる。可能性として、シェイクスピアという名前だけは伝えきいていたということがないとは断言できないが、作品を読んだことはないだろう。なぜそう思えるかというと、『ドン・キホーテ』の中には世界中の古典文学への知識誇りのような言及が大いにあるのだが、シェイクスピアの作品については何も書いてないからである。

おそらく同じように、シェイクスピアも『ドン・キホーテ』は読んでないだろう。なのに、ここで出会ってしまった二人は、互いにあなたのことはよく知っている、と言っている。いくつかは読んだことがあるような口ぶりだ。

それは、このセルバンテスが麻生の頭の中にいるセルバンテスで、シェイクスピアのほうも、老いた元教授の頭の中のシェイクスピアだからである。つまり、その二人の日本の老人が、互いをよく知っており、読んだこともあることによってこういう対話が生まれるわけである。

この元教授は、生涯かけてイギリス文学の特にシェイクスピアのことを研究して、それについては本も何冊か書いているという人だったのだ。ほとんどシェイクスピアのことばかり考えているような人生を送ってきて、やがて年老いて知力に欠陥が見られるようになってきて、麻生の場合と同様に、頭の中にシェイクスピアが出現してしまったのである。

そういうシェイクスピアはこう言った。

「しかしながらあなたのあの小説は、ものの見事に世の騎士道物語をからかいのめしています。からかいつつ否定し、否定しつつ、よりよいものに改良している」

麻生はこの上なく満足そうな顔をしたが、次のように返事する礼儀は忘れなかった。

「いやいや、その賛辞は小生のみが身に受けてよいものではござらぬであろう。貴公とてもまた、既に人々によく知られている物語を元にして、それを完璧なる戯曲として完成させるという仕事をなされているではござらぬか。『ロミオとジュリエット』しかり、『ハムレット』しかり、『オセロー』もまた、種本は他の作家のもの。貴公は既にある物語を改良し、言葉によって建築された至宝にまで高めるという仕事を残されておるのだから」

するとシェイクスピアはこう言った。

「既にある物語を利用し、改良し、もはやいかなる力によっても壊せぬものに完成させるというのはあなたのしたことでしょう。『ドン・キホーテ』とはまさに、何かを壊すことで別の何かを生み出した文学上の奇跡なのですから」

それに対して麻生は、いやそれともセルバンテスなのか、ともかくこう言った。

「それは少しも奇とするものではござらぬ。文学とは、既にあるものをパロディ化するという手法のおかげで、継承されるという芸術なのでござるのじゃから」

第12章

物語には話者と登場人物がおり、その両者は別物だと示される最後の章

さて、私のことに話を戻そう。「ミゲル」という小説を「つくま」に連載して、ついにセルバンテスとシェイクスピアがグループホームで出会って会話を始める、というところまで書き進んだところで、私は、これでもうまくいくだろう、と踏んだ。

年老いて少しボケ始めた文学者を、思い込みのセルバンテスとシェイクスピアにしてしまって、二人を出会わせ、日本語で文学談義をさせる、というのが私の小説のいちばんの工夫なのである。その二人の談義が始まってしまえば、あとはもう思うことを大いに書きつらねるだけだ。

その二人に私がやらせようとしているのは、パロディ論である。文学作品とは、ほとんど例外なく先行作品の影響を受けて生み出されるものであり、そのような親にあたる作品を持たないことはまずないだろうと、私は思うのだ。つまり、どんな文学作品も、既にあった何かを模倣して生み出され、時として親にあたる作品を超えてより価値の高いものになる。そ

ういうことが文学の発展だと思う。

言ってみれば、パロディという形式によって、文学は継承されていくのである。人類の最も古い物語と言われている『ギルガメシュ叙事詩』の中に、不死を得たとされるウトナピシュティムという老人が出てきて、大昔にあった大洪水のことを語る部分がある。その大洪水の話が、旧約聖書の中にノアの箱舟の物語として取り入れられるのだ。文学は模倣と引用によって発展してきたということの、いちばん古い事例と言っていいかもしれない。

たとえばデフォーは、ウッズ・ロジャーズという人物が編集した『世界周航記』という本を手に入れて、その中に収められていたあるスコットランド人の、孤島での四年四カ月にわたる生活の記録を読んで大きな刺激を受けた。だからそれを真似て、『ロビンソン・クルーソー』を書いたのである。

そして、『ロビンソン・クルーソー』を読んだスウィフトは、こんな植民地主義礼讃の書物を見逃すわけにはいかないと、一度は書きかけて中断していた『ガリヴァ旅行記』を書きあげるのだ。『ガリヴァ旅行記』は『ロビンソン・クルーソー』への挑戦状であり、大きく言えばパロディなのである。

そういうことは、決して特別な例ではない。二十世紀に書かれたゴールディングの『蠅の王』が、孤島に生活する少年たちの地獄図であるのだって、ある意味『ロビンソン・クルーソー』へのパロディだと考えられる。

自分が、パロディを愛し、時にそれを書く作家だからというので、ことさらパロディを価値あるものだと言いたいのではない。ほとんどの文学作品は、先行作品を受け継ぐことで生み出されてくる、という事実を指摘しているだけである。文学はパロディでつながっているという事実を。

十九世紀のフランスの詩人のネルヴァルという人が、私が言おうとしているのと似たことを『アンジェリック』という小説の末尾で面白く書いている。次のような問答体だ。

——君は他ならぬディドロの模倣をした。

——彼はスターンの模倣をしたのだ……

——スターンはスウィフトを模倣した。

——スウィフトはラブレーを模倣した。

——ラブレーはメルリヌス・コッカイを模倣したし……

——コッカイはペトロニウスを模倣した……

——ペトロニウスはルキアノスを模倣した。そしてルキアノスも、たくさんの人の模倣をした……。いいじゃないか、とどのつまりが、あの『オデュッセイア』の作者(ホメーロス)だということになっても。

(この引用は、『岩波講座文学2　創造と想像力』に収録されている、入沢康夫の「文学における模倣と引用」によった)

文学は模倣しつつ今日まで発展してきたのだ、という考え方である。

そういう文学論を語らせるのに、シェイクスピアとセルバンテスほどうってつけの人間はいないであろう。二人とも、大いに先行作品を利用した作家(劇作家であり、詩人でもあり、小説家でもある二人だが)であり、後世の人間にどれだけ模倣されたか数えきれない、という文学者なのだから。

シェイクスピアは、西ヨーロッパによく知られていた悲恋の物語をもとに『ロミオとジュリエット』を書いた。以前からある話を、構成し直すことによって完全なものに作りあげたのだ。『ハムレット』は、デンマークの伝説であり、同じ材料による別の作者の劇もあったのだが、それを作り直したのだ。『オセロー』の種本は、イタリアの作家チンツィオの『百話物語』の中の一つだった。

そのように先行作品を平気でシェイクスピアは利用した。そして、もとの作品よりも上へ行くのだ。

そういうシェイクスピアが、後世どれだけ模倣されたかは、あえて言うまでもないことである。たとえば、罪と良心との問題を主題としている点において、『マクベス』はドストエフスキーの『罪と罰』の先行作品だとも考えられるのである。

セルバンテスについては、あらためて言うまでもなかろう。世にはびこる騎士道物語のパロディとして、『ドン・キホーテ』は書かれたのである。そして騎士道物語を粉砕したが、次にはその『ドン・キホーテ』が模倣される。ドストエフスキーの『白痴』や、マーク・トウェインの『ハックルベリー・フィンの冒険』など、『ドン・キホーテ』の文学的遺児は枚挙にいとまがないのである。

少し広げて考えてみれば、映画の『男はつらいよ』シリーズまでもが、主人公の思い込みによって珍騒動が持ちあがるところや、マドンナ役という、思い姫が必ずいることなどをもって、『ドン・キホーテ』のパロディだと言えなくはないのだ。

文学史的にそういう交叉点に立っている巨人の二人が、そもそも物語というのはすべて何かの真似でござるな、などとパロディ論を展開するのだから刺激的ではないか。しかも、実はその二人は、老学者の少しおかしくなった脳が生み出した模倣のシェイクスピアとセルバンテスなのだ。つまり、パロディとして存在している人間のパロディ論なのである。

そして、その二人の対話は、あたかも自分のことを遍歴の騎士だと思っているドン・キホーテが、旅先で巻きおこす珍妙な冒険や、あきれ返った決闘のようにくり広げられなければならない。そのようにして、パロディを論じるパロディになっていくのだ。

ここまで話を持ってくれば、この先は筆の勢いにまかせて書きまくるばかりだと私は思っていた。多分それでうまくいくと、一度は楽観していたのである。

＊　＊　＊

ところが、予想外のことがおこって私はいきなり窮地に立たされたのだった。私のところへ、一通の手紙が来たのである。

封書の裏の差出人の署名を見て、まず、ヒヤリとした。住所もちゃんと書いてあって、その横に、西泉貴嗣の名があったのだ。

まだこの男は私の仕事の妨害をしようとしているのか、と思った。いい加減にしろと、怒鳴りつけてやりたいような気分だ。

だがその一方で、違うかもしれない、という気もした。西泉の無言電話を、私はやめさせることに成功しているのだ。私によって気勢を殺がれた彼は、嫌がらせをする気力を失ったようだった。そうなってからくれた手紙なのだから、これまでとは事情が違っているのだ。

開封して私は手紙を読んでみた。こういう手紙だった。


冠省　その後お変りなくお過ごしですか。お仕事のほうが順調なのは、「つくま」の連載を拝見して承知しています。「ミゲル」はますます快調ですね。

正直に打ちあけますが、あの連載を平常心では読めない一時期もありました。その理由は言うまでもなく、自分が一年前にあの雑誌において失敗をしているからです。私へのあてつけのようにこの小説は始まった、というような気がして、実のところ口惜しかったのです。精神的に落ち込み、ちゃんと告白しますが、多方面に失礼な言動をとってしまいました。たびたびご迷惑をかけたことを承知しています。今となってはそれを謝罪したい心境なのですが。

しかしながら、現在は別の気持になっております。私の精神状態を変えたのは、「ミゲル」

でした。

当初は恨むというか、憎むような気持で読んでいたあの小説でしたが、連載が続くにつれて、だんだん読み進むのが快感になってきたのです。要するに、うまい小説の持っている力に私はねじ伏せられたのです。

老作家の脳の中にふわりとセルバンテスが降りてきて、小説の第三部を書こうとするところ、ゾクゾクしますよね。そして、そのような狂い方自体が『ドン・キホーテ』へのパロディになっている。素晴しいアイデアだと思います。

私はついに、こう認めざるを得ませんでした。こっちのほうが、私のあの小説よりも上である、と。敗北を認めよう、この小説は面白いのだ、と。

アベリャネーダの贋作などより、「ミゲル」のほうが数段『ドン・キホーテ』に肉迫していますよね。ひょっとすると、セルバンテスのところにまで手が届きかけているのではないか、という気がするほどです。

私も、小説を読む力はまだ失っていないつもりです。その上で、「ミゲル」には期待をしないではいられません。どうか名作を完成させて下さい。決して易しいお仕事でないことはかりそめの同業者として承知しておりますが、ぜひとも一次元上の世界に到達していただきたいと願っています。

今は、そういう期待を持ってあの小説を見守る心境でいることを、お伝えしたくて筆をとりました。次回の分を読むことを楽しみにしています。私はこのように、つまりは敗北宣言

をするわけです。不一

この手紙は私の魂を震わせた。思いもかけずあの西泉が、自ら敗北宣言だと認める手紙をくれたのだ。つまり、私の「ミゲル」の価値を認めると言っているのであり、名作であり、セルバンテスの高みに手が届くのではないかとまで言う。書いたものをそこまで評価されるのは、書く人間がいつも密かに夢見ることだが、実際にはまずないことである。

その意味でも、ざわざわと心騒がずにはいられなかった。そこまで評価されるものを私は書いているのかと。

しかし、私の胸の震えは単純に喜びだけからではなかった。この手紙に書いてあることは本当なのか、という疑い、そしてこれは私を陥れるための罠ではないのかというおそれが、喜びのすぐ横に貼りついていたのである。

なぜなら、作家がこんな手紙を同業者にくれるということは普通ありえないからだ。作家とは自分の書くものだけが素晴しいと、思っているし、思いたくてたまらぬ人間なのである。だからこそ西泉も、連載を打ち切られて歯止めがきかぬ暴走をしたのだ。

その人間が、うって変って他人の小説を名作だと讃え、敗北宣言などするだろうか。そんなことはありえない。

そう考えれば、何か嫌なことが始まるのではないかという予感に心臓が縮みあがるのだ。いったい何を考えているのだろう。

私の思考は乱れまくった。この手紙は嘘だ、と思う一方では、私は宿敵も価値を認めざるをえないすごい小説を書いているのだという、こみあげる喜びをおさえられないのである。そして私は平常心を失った。

「つくま」のために、「ミゲル」の次の回の分を書かなければならない時期になった。一回分十八枚の原稿を、二日か、長くても三日で書くのだ。もうこの先は楽に書けるだろうと楽観していたのであり、苦しむことはないはずだった。

ところが、書けないのである。その回の、書き出しの文章すら浮かんでこない。頭の中に、いくつもの文を思い浮かべるのだが、そのすべてに対して私の脳が、それではまだ一次元上まで行っていない、と判定を下すのだった。セルバンテスに並ぶほどの文学が、こんな文章でいいはずがない、という気がしてしまうのだ。

西泉の本心がどこにあるのかはもうどうでもよかった。彼が仮に本当に私の「ミゲル」を名作だと思ったのだとしても、すごいですね、期待しています、というような声をかけたことによって、ちょうど私が彼のところへ、「はたして文学の奇跡はおこせるのでしょうか。今後の展開に注目しています」という文面のはがきを出した時と同じことがおこってしまったのだ。

ものすごいプレッシャーを受けて、ペンを持つ手が止まってしまった。

＊　＊　＊

書くしかないのだ、と私は自分に言いきかせる。西泉のした失敗を、私が受け継いでどうなるというのだ。作者急病のため休載します、という事態になることだけはなんとしてでも避けなければならない。

私は、思い込みのシェイクスピアの風貌を描写してみた。口髭があるとか、髪が薄いとか、額がつるりとしているとか。要するにドルスハウト作のよく知られている銅板肖像画に似た顔だということにしていくのだ。しかし、それでいて日本人の老学者でもあるという不思議な人間であることを伝えるために、鼈甲縁の老眼鏡をかけていることにした。

原稿用紙で二枚分そういう描写をしたところで、私は書いたものを丸めて捨てた。偽のシェイクスピアの顔についてくどくど語ってみても、物語は一歩も前へ進まないではないか、と思ったのだ。大変なところへ話を進めるのをためらって、足踏みをしているにすぎないのだから。

だから私は、私のセルバンテスにこう言わせてみた。

「これはおそらく小生の早とちりではござらぬと思うのじゃが、貴公こそは今この世界の中で最も物語の特質について熟知なされておる御仁でござろう。そこでひとつ、お考えをうかがいたいことがあるのだが」

それだけ書いただけで私はその原稿用紙を丸めて捨てた。ただ筋のためだけに用意された、芝居のト書きのような科白ではないかと思ったのだ。セルバンテスに迫ろうかという名作の中に、こんな科白があってはならない、という気がした。

そうすると、さて、どう書けばいいのかまるでわからなくなってしまった。

私は二日間、机の前にすわってひたすら苦しんだが、小説は一行も書けなかった。

そして、とうとう「つくま」の桜井氏と約束している締切りの日が来てしまった。もともと、私は少し余裕を持たせた締切り日で入稿していくようにしているので、まだいくらかの猶予があることはわかっていた。

私は、手書きの通信文を桜井氏にファクスで送った。この時、電話をかけるのではなく、ファクスにしたところに、私の弱気がにじみ出ている。そういう追いつめられたような時というのは、編集者の肉声をききたくないのだ。だからつい逃げ腰になってしまう。

「今月はいくつか面倒な仕事が重なっていて、いつもの締切りより、入稿が一日か二日遅れそうです。申し訳ありませんが、それで何とかよろしく取りはからって下さい」

そういうファクスに対して、桜井氏は何も言ってこなかった。そこがなかなか優秀な編集者たるところで、ごめん、遅れる、と言っている作家に、本当に二日後には入稿できるのですか、などと言って圧力をかけないようにしているのであろう。

だが、ひとつも文句を言わずに編集者が待ってくれていると思えば、いつもより二日後が入稿のデッド・ラインだということになる。それ以上には引きのばせられないのだ。

私は、ひたすら机の前で考え続け、タバコを山のように吸った。とにかく、書くしかないのだ。休載だけは絶対に避けなければならない。

名作をぜひとも完成させて下さい、と耳元で西泉が言うような気がした。私は、お前が私に呪いをかけたのだ、と思った。私をそそのかし、その揚句、書くのがこわい気分にしてしまった。

一日が無駄についやされた。私に残された時間は、あと一日しかない。

最後の日も、夜までは何も書けなかった。私の頭の中のセルバンテスとシェイクスピアは、急に臆病になってしまい、何も言おうとしないのだ。

たとえば十日が雑誌の原稿の締切り日だとして、私は十日の夜中までは許される範囲であり、入稿が遅れたとは言われなくていい、と考えていた。ファクスで入稿する時代なので、真夜中の入稿も可能なのである。

すると、自動的に、深夜の二時とか三時とかの入稿も許されることになる。つまり編集者が帰宅してしまい、翌十一日の朝に出社してみると、原稿が届いているわけである。それは十日の締切り日を守ったことになるだろうと考えるのだ。

ついに、デッド・ラインの日になってしまった。その、もう夜中だ。

今夜徹夜して書きあげるしかない、と私は思っていた。いつもは二日か三日かけて書くとは言うものの、それは余裕を持たせているのであって、無理をすれば十八枚は一晩で書ける量なのである。物語が頭の中に降りてきてくれさえすれば、一晩で書ける。

私は深夜の二時まで、のたうちまわるように考え続けた。家人には、今夜は徹夜になりそうだから先に寝てくれ、と言ってあり、その時間に起きているのは家の中に私一人だった。二時をまわったところで、私はふらりと立ちあがり、書棚のところへ行った。

そこに、スペインのラ・マンチャの風車の中で買った小さなドン・キホーテの像が飾ってある。私はそれを手にして、机の上に立てた。

椅子にすわり、じっとその像を見つめ、どうにかしてくれよ、と願った。

すると、奇跡がおこった。

＊　＊　＊

深夜の書斎の中には私のほかに人はいないはずなのに、私の耳はその声をきいた。

「書くことの苦しみこそが、書く者の手に入れられる至福なのかもしれぬのだが」

頭の中にその言葉が飛び込んできて、私は思わず机の上に置いたドン・キホーテ像に目をやった。高さ十センチばかりの小さな像である。甲冑姿の髭の豊かな老人がすっくと立っている像だ。胸をそらしていて、視線はやや上方に向けられている。左手に自分の背丈より長い槍を持ち、槍の尻を地面についていた。そういう金属製の像が、小さな木製の台の上にのっている。

特別な価値のあるものではなくて、ありふれたお土産品である。スペインのラ・マンチャ地方の、コンスエグラという町の丘の上、そこにある風車の中で陽気な店主から買ったものだ。いくらで買ったのかもう思い出せないのだが、十ユーロぐらいのものだったか、高くても二十ユーロまでだろう。そういう、あのあたりへ行けばいくらでも売っているもののひとつだ。

机の上に置いたその像が、やや上方に視線を向けているせいで、真正面から私を見ているように見えるのである。

今、私に声をかけたのはお前なのか、と私は心の中できいてみた。正気の沙汰とは思えないかもしれないが、そんなふうに思うほど私は朦朧とした意識の中にいたのだ。

すると、言葉が私に答えた。

「やれやれ。自分が誰に話しかけられているのかもわからぬようだな。それというのは、つまり自分が何者であるかもわかっておらぬからだろう」

私はドン・キホーテ像を見つめていたが、その像に話をしだした様子はなかった。ただの土産物の像がそこにあるだけのことだ。

声は私の右側からきこえてくるような気がした。私はゆっくりと首をまわして、私の机のすぐ右横を見た。

そこに、その人物の姿があった。

黒っぽい服をゆったりと身にまとっていて、首のまわりは波うつ白い飾り衿に包まれていた。顔は細長く、目は小さくて窪んでおり、鼻筋が通って鼻先は尖っていた。鼻の下とほおから顎にかけては堂々たる髭がある。

そういう人物が、私の机のすぐ横に立っていて、何かこう、哀れむような表情を見せていた。

あそこで会った人だ、と私は思った。あの風車の中でワインを飲んでゆるんだ気分でいた時に、ふいに出現して私に話しかけてきた人。それは現実のことではなく、スペインのムードにのみ込まれていた私が酔いの中で見た幻覚だったのかもしれないが、とにかくあの時に私に語りかけてきた人だ。

つまり、ミゲル・デ・セルバンテス。

「なぜ、あなたがここにいて、私に声をかけてくれるのでしょう」

私は湧きおこる興奮をようやくのことでおさえ込み、ちゃんと声を発してなのか、それとも思念を投げかけているのか、よくわからないままにそう問うた。

その人は、わかりきったことではないか、という顔をしてこう言った。

「その問いに対する答えのひとつは、お前が思い悩んで疲れきっているがため」

なるほど、と私は思った。これほど明確な説明はこれまできいたことがないという気がした。

人の寝静まった真夜中に、私は憔悴しきってただひたすらにドン・キホーテのことを考え、もはや何も考えられないほど疲れているのだ。だからこそこの人が出現してしまう、というのは筋の通った説明だった。どんな幻覚を見ても不思議はない状況なのだ。

「そしてまたもうひとつの理由は、お前が物語の森の中で道に迷っているがため」

「そこから救い出しに来てくれたのですか」

つまりそれは、私がついにセルバンテスに並んだということなのか。だからこそ、幻覚という形をとって、私はその人と直接言葉を交しているのか。

「お前を救い出すことはできない。と言うか、救い出す必要などないのだ。なぜなら、お前は道に迷うべく生み出された存在なのだから」

「それではあまりにもみじめというものです」

私は震える声でそう言った。

「つまりこういうことなのでしょうか。私が、『ドン・キホーテ』のパロディたる小説を書こうなどと思ったこと自体が身の程を知らぬ妄動で、才能の及ばぬ者がそんな野望を持てば迷いの森に入るしかないのだと」

「そうではない。そういうこととは話の位相が違っているのだ。お前は物語の森の中で迷う者として存在しているということだ」

「なぜ私には迷いの道しか与えられないのです。私はあなたを尊敬しています。あなたの生み出したあの小説を敬愛することにおいて、誰にも負けぬ強い思いを持っています。なのに私には、あの小説に並ぶようなものは書けないと言うのですね。あなたはその残酷な事実を私に告げるためにここに現れているのですね」

セルバンテスは、子供に道理を説いてきかせる大人のような表情をして、そうではないとばかりに首を横に振った。

「面倒な話になってしまった。お前には、自分の考えていることが、位相の違うことだという意味がわからないらしい」

　正直に言って、私には言われていることの意味がまるでわからなかった。ただ頭の中が激しく混乱するばかりである。そして、その混乱の中に、ふと恐怖のようなものがわきおこってくるのだった。セルバンテスという歴史上の人物が現実世界に出現して、声をかけてくるというのは正常な事態ではない。あるはずのないことなのだ。つまり、私にその人が見えるということは、そこまで私がおかしくなっているということにほかならないのである。

　私の頭脳は異常をきたしてしまったのだろうか。あの西泉も、書いている小説に行き詰まって苦悩した時、精神状態までおかしくなったと告白しているではないか。それと同じことが私にもおこってしまったのだろうか。

　でも、とにかく私には目の前に見える人に問いを発するしかすることがなかった。

「位相が違うとはどういうことですか。何の位相が、どう違っているのです」

と、その時だった。机の反対側、すなわち私から見て左の横から、もうひとつの声がかけられたのだ。

「わかりの遅い御仁でござるな。つまり、手っ取り早く言えばこうでござるよ。貴公はそちらの物語を生み出す先生とは別のところに存在しておるという次第なので」

　私はその声のほうを振り返り、そこに立っている人物を見て、あっ、と叫び声をあげた。

＊　＊　＊

その人物を一目見ただけで、私にはついに何がおこってしまったのか、まぎれもなく承知できたのである。私の意識は、とうとう現実と空想の見分けすらつかぬ混濁の世界の、底にまで達してしまったのだ。

よく通る声で私に話しかけてきた左側の人物は、槍は持っていなかった。この場に槍までは必要ないと判断したのであろう。しかし、体にぴったりの古鎧《ふるよろい》を身につけ、面頰《めんほお》つきの兜《かぶと》をかぶっていた。五十歳になろうかという細長い顔の老人で、眼光が鋭く、鼻の下と顎先には灰色の髭が形よく整えられていた。

私は最初の驚きからゆっくりとさめると、自分に判断を下すようにこう言った。

「もう駄目だ。私は完全に壊れてしまったらしい。この人の姿までが見え、声がきこえてしまうのだから」

すると、甲冑の人物が言った。

「その口上は、何故のものでござるかな」

「あなたの姿が見えるということの飛躍ぶりには、ついていくのがやっとだということです。そうでしょう。こちらの方は、過去の人であるとは言え現実に存在した人間であり、幻覚の中に姿を見せることがあってもまだしも受け入れやすいというもの。それに対してあなたは、虚構の中の人ではありませんか。つまりあなたはその姿、物腰、持っている雰囲気から考えて、かのドン・キホーテその人に間違いありません」

「いかにも、拙者はラ・マンチャの住人ドン・キホーテに相違ござらんが、そういう拙者が見えるのはそれほど奇妙だと申されるのか」

「つまり、虚も実もまぜこぜではないですか。私は小説家なのであり、私の書く物語は虚構世界の描写であるけれど、私の存在は現実なのです。ですから、私が見る幻覚は、実際に存在したセルバンテスさんまでにしてほしかった」

「やれやれ、そこまで深い思い違いをされておるとは、厄介千万でござるな。貴公が小説家であるとは片腹痛い」

すると、セルバンテスが憐れむように言った。

「この方には根本のところがわかっておらぬのだ。ただし、そのように設定された人物なのだから、この方の罪ではないのだが」

「ちょっと待って下さい。どういう話をしているんです。私がどのように設定されているんですって」

私は少しばかりうろたえ気味にそう言ったのだが、それに答えたのはドン・キホーテだった。

「曇りのなき目でよっく見られるのだ、ご自身のことを。貴公は自分のことを小説家であると申されるが、貴公の書かれた小説はどこにござるのかな。確か、貴公の書いた小説の出世作は『蕎麦と兵隊』という戦争文学のパロディだという話でござったな、そして、何だったかの賞を取ったのが『国語問題の作り方教えます』とやらだと。そうして貴公には、黒いパロディを書く作家だという評判が立ったのだともいう。はて、そのような小説が現実にありますかな。黒いパロディの書き手と称される作家が、本当に存在してござろうか」

「何を言い出すんですか。この私がここにこうしているではないですか」

私の声は震えていた。根元的な不快感がこみあげてきて、吐きそうだった。

「貴公の言うこことはどこなのかが問題なのでござるて。まだおわかりにならぬというならば、こうお尋ねしよう。貴公の名前は何と申されるか」

「それは……」

私は言葉につまった。何か、恐ろしい真実が暴かれるような気がして、心臓が縮みあがっていた。

「答えられぬであろう。それが道理なのでござるて。貴公の名は見事に伏せられていて、どこにも出てこぬのでござるよ。そして極めつけは、西泉なる作家、お笑い草だがそんな名の作家も実在しておらぬのだが、とにかくその作家と対談をした時の記録でござる。その記録では、話者を表わすゴチック活字を用いて、西泉と、私という表記がござる。対談の一方の当事者を〝私〟と表記することなどありえないことではござらぬか。すなわち貴公は、私という名しか与えられておらぬ、作家であると設定されている存在にすぎぬわけでござるな。もうおわかりであろうて。貴公は〈私という作家〉という登場人物なのでござる」

「そんな。そんな奇妙な話があるはずがない。私が作家ではないのですって。それはおかしいじゃないですか。私は新聞連載小説も書いている。そして、雑学エッセイも書き、時には講演もしているんですよ。そうだ。私は現に『ミゲル』という小説を書き進めているではないですか」

「さて、それでござる」と、ドン・キホーテは言った。

「その、『ミゲル』という小説がここに引用される時のことだが、そこには作者の署名がござらぬのだ。西泉貴嗣の『贋作者アベリャネーダ』を引用する時にはちゃんとその名がついておるというのに、貴公の小説には作者名がない。つまりそのように貴公には名がないのだ。おかしなことではござらぬか。名前のない小説家が、どこにも実在せぬ雑誌に小説を連載しているという話が、あたかも真実のように書かれているのだから。まったく小説とは、おもしろい魔法を使うものでござるよ」

するとセルバンテスが静かな口調で以下のように続けた。いつの間にか私のことを、あなたと呼ぶようになっていた。

「つまりあなたは、『ミゲル』という、『ドン・キホーテ』のパロディであるような小説、その小説も断片があるだけで完全な姿は持たないのだが、その小説を書く小説家として生み出されているのですよ。あなたの体験や言動はすべてそのためのものです」

ドン・キホーテが笑うかのように言う。

「そろそろわかろうというものでござるて。貴公は『ドン・キホーテ』のパロディを書く作家、という登場人物でござるのだ。そして、その小説の中で自分が小説中の登場人物であるということを知らされて驚いておるという点において、まさしく拙者とは兄弟のような御仁なのだ」

私は……私だ。作家であり、パロディ文学の徒であり、セルバンテスを尊敬しており、近頃は西泉貴嗣という作家とライバル関係にある。そういうことのすべてが、虚構だというのか。

＊　＊　＊

セルバンテスはゆっくりと言った。

「もうわかったでしょう。そのドン・キホーテくんがあなたのことを、私、つまりこのセルバンテスの側の存在ではなく、彼、つまりはドン・キホーテの側の存在だと言うのはあなたが小説中に生み出された人物だからですよ。そしてあなたは、実にもってドン・キホーテくんによく似ている」

「私がドン・キホーテに似ているんですって」

「そうですよ。なぜならあなたはそのように設定されているのだから。この小説、わかりますかな、今こうして私たちが話をしている小説は、あなたのドン・キホーテぶりを書くためのものなのです」

「私のドン・キホーテぶりですって」

「まさに、その通りです。この小説の作者は、あなたという作家を設定して、『ミゲル』という小説を書かせる。そしてその『ミゲル』という小説には、麻生喜八という作家が出てきて、セルバンテスになりきって『ドン・キホーテ』の第三部を書き始める。おわかりでしょう。小説の中に小説があり、その小説の中にまた小説がある。この小説の作者は、この話をそういう、入れ子細工のような構造にしているのですよ。考えようによっては、物語の中の物語の中に、また物語が出てくる、そしてその物語の中にもまた作者が出てきて物語を始める、というふうに、永遠にこの連鎖が続くわけですな。そのようにこの小説は、小説が書かれるということをパロディ化しているのであり、その意味で『ドン・キホーテ』のパロディなのですよ。そう考えればもう自明ではないですか。あなたは私、すなわちセルバンテスよりも、私が生み出した虚構の存在、ドン・キホーテになぞらえられるべきなのです」

「永遠に続く物語の中の物語ですか。なんという手の込んだ堂々めぐりでしょう」

ドン・キホーテが言う。

「たとえかりそめにペンの先から生み出されただけの存在であろうとも、少しは道理のわかる頭脳を与えられておるならば、もうわかってもよさそうなものではござらぬかの。貴公はここまでに、あたかも地の文のようなふりをして、ある文学観を書いてきておるのだが、実はそういう考えを持つ人間のように書かれておるというのが実情でござるのだ。その考えとは、文学作品とは先行作品を受け継いで発展していくものであり、文学はパロディによってつながっておるのだというものだが、そのつながり方を、一作品中に示したのがこの小説と申せるのではござらぬか」

セルバンテスはその言葉に対して満足そうにうなずくと、こうつけ加えた。

「あなたのパロディ論は、文学史の背骨としてパロディという技法がある、という内容のものですな。そういう仮説の証人として、あなたという、書く人間の形をとったものが、書かれたのです。つまり、あなたは書くということにおけるドン・キホーテに他ならない。人間に文学史という至宝があることを寿ぎ、自分のことを文学者だと思い込んで痩せたペンに自分をのせて、遍歴の旅に出るのです」

「さればもう、あれこれと思い悩まれることはござりますまい」

と、ドン・キホーテは言った。

「ついぞ正気に戻ることなく、貴公はあくまでも自分を作家であると信じて、騎士の数々の冒険の如く、文学の森でありとあらゆる小説のもじりを書き続けられるべきなのでござるよ」

「私にパロディを書けと」

「そうさな。パロディを書き続けるということの、パロディたる存在が貴公なのでござるから」

そんなことを言われて私は、悩乱しきっていた。この私が、実在する人間ではなく、紙の上に文字で表現されているだけの、小説の登場人物にすぎないという話には、生きていた者がいきなり息の根を止められるのにも似た衝撃を受けずにはいられなかった。

だがしかし、ついには私もその真実を受け入れるほかはなくなるのだった。どう記憶の底を探ってみても、自分の名前が確かにかけらもないということは、私に、そんな人間は現実にはいないということを受け入れさせた。

私は不安げに、力なくこう言ってみるのがやっとだった。

「しかし、『ミゲル』をどうしめくくったものでしょうか。私はあれを書き始めてしまったのであり、書き始めたからには書き上げたいと願ってしまうのですが」

するとセルバンテスは言った。

「思い違いをされるな。あなたが『ミゲル』を書こうとしたことが重要なのです。それがこの小説に書かれた内容なのであって、あれをどうしても書き上げなければならない理由はない」

「『ミゲル』という小説は、言ってみれば拙者にとってのサラゴーサと同じなのでござる」

と、ドン・キホーテは言う。

「行ってみてもつまらぬとわかった以上は、サラゴーサにはこだわらず、行き先をバルセローナに変えればいいのでござるて」

「私にとってのバルセローナとは……」

ドン・キホーテはにんまりと笑い、私を手招きするように右手を動かした。

「それがわからぬ御仁ではありますまい。なぜと言って、貴公はそのことを示すがためにこの作品中に生み出されたお方なのだから。文学の森を遍歴し、やらかすのでござるよ、パロディ三昧の道楽を」

私の肩を、ドン・キホーテの右手がしっかりと摑んだ。そうやって並んで立った二人を、セルバンテスはいつくしむような目で見ている。

私から、迷いが消えていた。ついに私は、自分が何であるかを知り、自分のなすべきことを承知したのだ。小説中の登場人物であるドン・キホーテに肩を持たれてみて、はっきりと、自分がこちら側の存在であることを実感した。

私は、パロディが書けると思い込んでしまった、文学における思い込みの騎士なのだった。ならば何を思いわずらうこともない、ただひたすら書くばかりなのだ。

架空の作家にライバル意識を持ってあれこれ悩むこともない。カリカチュアの編集者に対して、原稿が遅れることを申し訳なく思うこともないのだ。

私は、文学がパロディでつながっていると盲信した小説家のパロディなのであった。

「では、まいろうかの」

と、ドン・キホーテが言った。

私がセルバンテスのほうを見ると、その人は、行くがよい、と言わんばかりにうなずいた。

そうして、私はついにためらいなく言いきることができた。

「出発することにためらいはもうありません。なぜなら私はそのために生み落とされた者だったのだから」

そして、私はドン・キホーテと肩を並べて、文学の森の方へ歩み始めたのである。

（完）

ドン・キホーテ状況になっている小説

Kさん。Kさんは私に何かたくらみの大きな、力の入った小説を書いてほしいのだとおっしゃったのですよね。そして、たとえば人間はなぜ宗教を持ち、宗教とどうつきあってきたのか、なんてことを小説にすることはできないでしょうかと提案なさった。

だが私は、そのテーマでは既に長編小説をひとつ書いているんです、と答えました。四十代の頃に書いたものなので、若書きで未熟なところもある小説かもしれないが、似たようなものをもう一度書くのも気が進みません、と。

そして私はこういうプランを出しました。Kさんの言う宗教を、小説にしてみたいんですが、と。つまり、人間はなぜ小説を持ち、小説とどうつきあってきたのかということを小説にしてみたい、というプランです。

用語にはあまりこだわらないでいきたいと思います。ここで小説と言っているもののことを、文学と呼んでも問題はあまりないと思いますが、間口を広げすぎてもやりたいことが漠然としてしまいます。人間はどのように小説を持ち、小説とどうつきあっているか、ぐらいの切り口にしておくほうが、具体的でよかろうと考えました。

Kさんにそういう提案をした時、私は、その小説は『ドン・キホーテ』的にならざるを得ないだろうな、と思っていました。なぜなら、『ドン・キホーテ』というのは、ある種の小説を蹴散らすために書かれた、小説のパロディだという、偉大なるワン・アイデア小説だからです。しかもその上、願ってもない偽続編が出たおかげで、その続編では、自分自身をもパロってしまうという究極の突き抜け方ができた小説でもあります。つまりあの小説は、小説は何だって多かれ少なかれパロディ的であるということの、パロディなのです。

だから私が書くべき小説は、とりあえずは『ドン・キホーテ』のパロディとして始まることになります。主人公は当然のことながら自分なりの『ドン・キホーテ』を書きたいともくろんでいる小説家になります。はたしてその小説家にそういう小説が書けるだろうか、というサスペンス小説の感じです。

だが、それだけで終る小説であってはつまらない、と私は考えていました。それだけだったら、『ドン・キホーテ』のパロディのひとつにしかなりません。

私が書きたいのは、『ドン・キホーテ』という小説がある、ということのパロディなんですから。人間の文化遺産にこんなものもある、ということを喜びたいのですから、単にもうひとつの『ドン・キホーテ』が書けても意味がないのです。

Kさんはこの小説の連載中によく、これはどこまで行くんでしょうか、とか、ますますへんなことになってきましたね、とおっしゃっていましたね。そう言われて私は、いいぞ順調だぞ、と思うことができました。なぜなら、私は、小説があるってことをパロディにしたいのであって、主人公の成功はどうでもいいからです。つまり私は、最後にこの主人公が、小説というものにとってのドン・キホーテになったら、この小説は完結すると考えていたんです。

そういうわけで、私が書いた『ドン・キホーテの末裔』という小説は、小説ではあるのだけれど小説であることをぶっ壊そうとするものです。そして、人間って小説を持っているのだなあ、ということを笑いのめす小説でもあります。はたまた、人間に小説があるってことを寿《ことほ》ぐ小説でもあります。

この小説の全体の構造は、ドン・キホーテ的状況になっています。つまり、狙いの筋において既に、小説を読みすぎて少し考えがヘンになっているわけです。そのねじれを、なんとか隠して、建設的空中分解にまで読者を導いてしまおう、という小説でした。書いていてとても楽しかったです。

Kさんにはお世話になり、感謝しています。

清水義範

本作品は二〇〇七年七月、筑摩書房より刊行された。
「ドン・キホーテ状況になっている小説」は『ちくま』
二〇〇七年九月号に掲載された。

ドン・キホーテの末裔

2013年11月15日　第1刷発行

著　者　清水義範《しみずよしのり》

発行者　岡本　厚

発行所　株式会社　岩波書店
〒101-8002 東京都千代田区一ツ橋2-5-5
案内 03-5210-4000　販売部 03-5210-4111
現代文庫編集部 03-5210-4136
http://www.iwanami.co.jp/

印刷・精興社　製本・中永製本

ISBN 978-4-00-602230-3　Printed in Japan

岩波現代文庫の発足に際して

新しい世紀が目前に迫っている。しかし二〇世紀は、戦争、貧困、差別と抑圧、民族間の憎悪等に対して本質的な解決策を見いだすことができなかったばかりか、文明の名による自然破壊は人類の存続を脅かすまでに拡大した。一方、第二次大戦後より半世紀余の間、ひたすら追い求めてきた物質的豊かさが必ずしも真の幸福に直結せず、むしろ社会のありかたを歪め、人間精神の荒廃をもたらすという逆説を、われわれは人類史上はじめて痛切に体験した。

それゆえ先人たちが第二次世界大戦後の諸問題といかに取り組み、思考し、解決を模索したかの軌跡を読みとくことは、今日の緊急の課題であるにとどまらず、将来にわたって必須の知的営為となるはずである。幸いわれわれの前には、この時代の様ざまな葛藤から生まれた、人文、社会、自然諸科学をはじめ、文学作品、ヒューマン・ドキュメントにいたる広範な分野のすぐれた成果の蓄積が存在する。

岩波現代文庫は、これらの学問的、文芸的な達成を、日本人の思索に切実な影響を与えた諸外国の著作とともに、厳選して収録し、次代に手渡していこうという目的をもって発刊される。いまや、次々に生起する大小の悲喜劇に対してわれわれは傍観者であることは許されない。一人ひとりが生活と思想を再構築すべき時である。

岩波現代文庫は、戦後日本人の知的自叙伝ともいうべき書物群であり、現状に甘んずることなく困難な事態に正対して、持続的に思考し、未来を拓こうとする同時代人の糧となるであろう。

（二〇〇〇年一月）

B194
李香蘭と原節子
四方田犬彦

ともに一九二〇年に生まれ、日本映画史において対照的な役割を演じてきた二人を懐古趣味や神話化とは一線を画してジェンダーとナショナリズムの視点から考察する力作。

B195
郊外の文学誌
川本三郎

東京の「郊外」の発展と文学芸術作品との関わりを論じた評論集。鉄道や住宅開発の歴史にも及ぶ。郊外の新興住宅地は、個の姿が見えてくる新しい場所であると語る。

B196-197
田辺元・野上弥生子往復書簡(上・下)
竹田篤司
宇田　健編

時代を代表する哲学者と作家、しかも同年の男性と女性が、高度に知的な愛情関係をもちながら、文学と学問を親しく論じ合った往復書簡集。〈解説〉加賀乙彦(上)、小林敏明(下)

B198
わが荷風
野口冨士男

若い読者のための荷風案内。作品の背景となった土地を歩きながら、荷風の生涯と作品の特色、作風の推移の全貌を分かりやすく語る。〈解説〉川本三郎

B199
「菅原伝授手習鑑」精読　歌舞伎と天皇
犬丸　治

「菅原伝授手習鑑」の中の天皇像から日本人の心性を探る。天神伝説や牛飼舎人などの設定の意味を読み解き、聖俗の対極をつなぐものを明示する。岩波現代文庫オリジナル版。

2013.11

岩波現代文庫［文芸］

B200
潮風の下で
レイチェル・カーソン
上遠恵子訳

米国大西洋岸での鳥類、魚類、哺乳類等の生態をいきいきと描いた海の大叙事詩。自然文学の最高傑作。著者の第一作であり原点である。〈解説〉鈴木善次

B201
孤獨の人
藤島泰輔

今上天皇の皇太子時代、「ご学友」だった著者が学習院高等科を舞台に一九五六年に著して大きな反響をよんだベストセラー学園青春小説。〈解説〉河西秀哉

B202
詩とことば
荒川洋治

詩とは、なにをするものなのか？　詩をみつめる。詩を呼吸する。詩から飛ぶ。現代詩作家が、詩の生きる時代を照らしつつ、詩という存在について分析する。

B203
花のもの言う
―四季のうた―
久保田淳

春夏秋冬それぞれの季節を彩る花、植物、風物を詠った中世歌人の優れた和歌を広く紹介して、歌に込められた古人の自然観、美意識を解き明かす。古典詩歌の魅力を探る随想集。

B204
俳人荷風
加藤郁乎

荷風は、その生涯に約八〇〇余の俳句を残した。江戸俳諧の伝統を踏まえた荷風俳句を味読することで、荷風の人と文学の新たな魅力を探る。岩波現代文庫オリジナル版。

2013.11

B205
白い道
吉村昭

戦争に負けるということは白いことなのだ――。作家の歴史観の起源に迫るエッセー集。その筆が問いかけつづけてきたものに、いま、対峙する。〈解説〉川西政明

B206
増補 幸田文対話(上)
―父・露伴のこと―

対話の名手として知られた幸田文の各界の著名人との対談をまとめる。上巻では、父・露伴について歯切れのよい語り口で語られる。新収録の対談を増補した。〈解説〉堀江敏幸

B207
増補 幸田文対話(下)
―人生・着物・樹木―

下巻では、幸田文が守り続けた着物、料理、日常生活の流儀、樹木への関心など幸田家の文化が語られる。対談を通して日本語の魅力を味わう。青木玉「あの朝のこと」収録。

B208
ダーウィン家の人々
―ケンブリッジの思い出―
グウェン・ラヴェラ
山内玲子訳

チャールズ・ダーウィンの孫娘による回想は、ヴィクトリア朝の上流階級の人間模様とケンブリッジの街並みをいきいきと蘇えらせる。〈解説〉長谷川眞理子

B209
中勘助『銀の匙』を読む
十川信介

『銀の匙』が時代を超えて共感をもって読まれるのはなぜなのか。織り込まれた表現を解きほぐし、また多くの図版資料を随所に補って、その文学世界の魅力を描き出す。

岩波現代文庫［文芸］

B210
シェイクスピアに出会う旅
熊井明子

シェイクスピアの故郷やコーンウォールの野外劇場など英国の各地に旅して、出会った人、物、風習などを紹介、作品の新たな魅力を語る。

B211
エクソフォニー
―母語の外へ出る旅―
多和田葉子

母語の外に出るという言語の越境で、何が見えてくるのか。ドイツ語と日本語で創作活動を行う著者による鋭敏で深遠なエッセイ集。〈解説〉リービ英雄

B212
歌、いとしきものよ
星野哲郎

作詞家・星野哲郎。ともに歩み、切磋琢磨したヒットメイカーたちを招き、その作品と人生について語りあう。演歌の巨匠が綴る、歌謡曲への応援歌。〈解説〉高　護

B213
筑豊炭坑絵物語
山本作兵衛
田川市石炭資料館監修
森本弘行編

山本作兵衛の炭坑記録画は、日本初のユネスコ世界記憶遺産になった。二二七点すべての解説文を翻刻した文画集。カラー口絵4頁。

B214
母
老いに負けなかった人生
高野悦子

父の急死のあと十一年余、母を介護した著者が、映画に励まされながら、母の夢を自らの夢として歩みつづける半生をふりかえる。

2013.11

B215-216
小津安二郎周游(上・下)　田中眞澄
小津研究の第一人者が歴史の細部を見つめ、巨匠の生涯と全仕事を描きだす。上巻は戦前・戦中期。下巻は戦後の名作とその背景をたどる。〈解説〉川本三郎

B217
続 赤い高粱　莫言　井口晃訳
中国山東省高密県東北郷。日本軍を奇襲した祖父らだったが報復により村は壊滅する。共産党軍、国民党軍、傀儡軍、秘密結社がからむ凄烈な物語。五つの連作の後半三篇。

B218
モームの謎　行方昭夫
文学者モームが愛した女性、そして男性とは誰か。スパイだったのは本当か。晩年に襲ったスキャンダルとは。謎多き人生に迫る12章。岩波現代文庫オリジナル版。

B219
覚書 幕末・明治の美術　酒井忠康
幕末から明治初期の近代日本美術の揺籃期を論じた美術評論集。西洋美術との邂逅と、美術家の挑戦と挫折が、変転する時代の中に描き出される。岩波現代文庫オリジナル版。

B220
笑いのこころ ユーモアのセンス　織田正吉
なぜ人は思わず笑ってしまうか。博学な演芸作家が難解なこの問いに挑む。落語、漫才、映画、文学、哲学等から選りすぐったいい話を紹介。

2013. 11

岩波現代文庫［文芸］

B221
ちいさな言葉
俵 万智
『サラダ記念日』で知られる歌人は、シングルマザーとして、幼い息子との会話を堪能中。微笑ましい情景のなかの日本語再発見。

B222
エンデのメモ箱
ミヒャエル・エンデ
田村都志夫訳
百十数の短編から、エンデの多彩な面が万華鏡のように浮かび上がる、ファン必読の書。創作の秘密が、いま明らかになる。

B223
大人にはわからない日本文学史
高橋源一郎
一葉からケータイ小説まで、近代文学の古典と現代小説を自在に対話させて、小説を読むたのしさを伝える新しい文学史序説。〈解説〉穂村 弘

B224
瀬戸内少年野球団
阿 久 悠
敗戦直後の淡路島を舞台に、野球を通して民主主義を学ばせようとする女教師と子供たちとのふれあいと絆を描いた作詞家阿久悠の代表作。〈解説〉篠田正浩

B225
現代語訳 蜻蛉日記
室生犀星訳
王朝日記文学の代表作『蜻蛉日記』を、室生犀星の現代語訳で味わう。道綱母の波瀾に富んだ生涯が、散文と流麗な和歌を交えながら描かれる。〈解説〉久保田淳

2013. 11

岩波現代文庫［文芸］

B226
現代語訳 古事記
蓮田善明訳
『古事記』は、古代の神々の世界を描いた雄大な叙事詩であり、最古の文学書。蓮田善明の格調高く味わい深い現代語訳で、日本神話の世界を味わう。〈解説〉坂本 勝

B227
唱歌・童謡ものがたり
読売新聞文化部
「赤とんぼ」「浜辺の歌」など長く愛唱されてきた71曲のゆかりの地を訪ね、その誕生と普及にまつわる数々の感動的な逸話を伝える。

B228
対談紀行 名作のなかの女たち
瀬戸内寂聴
前田 愛
『たけくらべ』から『京まんだら』へ。名作ゆかりの土地を訪ね、作品を鑑賞する。小説の面白さに旅の楽しみが重なる、談論風発の長篇対談。〈解説〉川本三郎

B229
炎 凍 る
樋口一葉の恋
瀬戸内寂聴
著者は一葉自身と小説中の女主人公の「生」と「性」に着目し、運命に抗う彼女らの苦闘の跡を追う。未完の作品『裏紫』の続編を併載。〈解説〉田中優子

B230
ドン・キホーテの末裔
清水義範
作家である「私」は、老文学者がセルバンテスになりきって『ドン・キホーテ』の第三部を書くというパロディ小説を書き始める。連載は順調に進むかに見えたが……。

2013.11

岩波現代文庫[文芸]

B231
現代語訳 徒然草
嵐山光三郎

『徒然草』は、日本の随筆文学の代表作。嵐山光三郎の自由闊達、ユーモラスな訳により、兼好法師が現代の読者に直接語りかける。

2013. 11